suhrkamp taschenbuch 4509

Zvi Provisor, der mürrische Gärtner des Kibbuz Jikhat, hat es sich zur Aufgabe gemacht, die Gemeinschaft mit Katastrophenmeldungen zu versorgen: die Erkrankung des norwegischen Königs, der Brand in einem spanischen Waisenhaus, ein Vulkanausbruch in Chile. Abgelenkt von seiner täglichen Dosis Pessimismus, entgeht ihm, dass die Witwe Luna Blank nur ihm zuliebe ihr gutes Sommerkleid trägt. Er, der keine Berührungen zulassen kann, muss erkennen, dass die ungewohnte weibliche Präsenz seine ihm heilige Alltagsroutine ins Wanken bringt. Amos Oz, der Meister der Zwischentöne, knüpft in *Unter Freunden* an seinen Bestsellererfolg *Eine Geschichte von Liebe und Finsternis* an und kehrt zu der Zeit zurück, die ihn am meisten inspiriert hat: seine Kibbuz-Jahre.

Amos Oz, geboren 1939 in Jerusalem und 2018 ebendort gestorben, ist einer der international bekanntesten und anerkanntesten israelischen Schriftsteller. Sein Werk wurde vielfach ausgezeichnet, unter anderem mit dem Friedenspreis des Deutschen Buchhandels (1992), dem Goethepreis der Stadt Frankfurt am Main (2005), dem Siegfried Lenz Preis (2014) und dem Internationalen Literaturpreis (2015). *Eine Geschichte von Liebe und Finsternis* (st 3968) wurde in alle Weltsprachen übersetzt und erreichte eine Auflage in Millionenhöhe. Zuletzt erschienen von Amos Oz neben dem Roman *Judas* (2015) die Essaysammlung *Liebe Fanatiker* (2018) und der Erzählungsband *Wo die Schakale heulen* (2018).

Amos Oz

Unter Freunden

Aus dem Hebräischen
von Mirjam Pressler

Suhrkamp

Die hebräische Originalausgabe *Bejn chaverim*
erschien 2012 im Keter Verlag, Jerusalem.

Umschlagfoto:
Michael Bar Am/Magnum Photos/Agentur Focus

5. Auflage 2019

Erste Auflage 2014
suhrkamp taschenbuch 4509

Druck und Bindung: CPI – Ebner & Spiegel, Ulm
Umschlag: Göllner, Michels, Zegarzewski
Printed in Germany
ISBN 978-3-518-46509-7

Unter Freunden

Der König von Norwegen

Bei uns im Kibbuz Jikhat gab es einen Junggesellen von ungefähr fünfundfünfzig Jahren, Zvi Provisor. Er war ein kleiner, zum Blinzeln neigender Mann, der es liebte, schlechte Nachrichten zu verkünden: Erdbeben, Flugzeugabstürze, Gebäude, die über ihren Bewohnern zusammenbrachen, Brände und Überschwemmungen. Er las in aller Frühe, vor uns allen, die Zeitung und hörte die Radionachrichten. So konnte er im Speisesaal auftauchen und einen noch vor dem Frühstück mit den zweihundertfünfzig Bergleuten in Erstaunen und Bestürzung versetzen, die in einem Kohlebergwerk in China ohne Aussicht auf Rettung verschüttet waren, oder mit einer Fähre, die samt ihren sechshundert Passagieren bei einem Sturm in der Karibik untergegangen war. Er studierte auch gewissenhaft die Traueranzeigen. Vom Tod namhafter Persönlichkeiten wusste er vor allen anderen, und er war es, der den ganzen Kibbuz davon in Kenntnis setzte. Eines Morgens hielt er mich auf dem Weg vor der Sanitätsstation an: »Hast du schon von diesem Schriftsteller namens Wislawski gehört?«

»Ja, habe ich. Warum?«

»Er ist gestorben.«

»Das tut mir leid zu hören.«

»Auch Schriftsteller sterben.«

Ein andermal erwischte er mich, als ich Speisesaaldienst hatte.

»Ich habe in den Traueranzeigen gelesen, dass dein Großvater gestorben ist.«

»Ja.«

»Und vor drei Jahren ist dir schon ein Großvater gestorben.«

»Ja.«

»Also war dieser schon der letzte.«

Zvi Provisor war der Gärtner des Kibbuz Jikhat, er arbeitete allein. Jeden Morgen stand er um fünf Uhr auf, platzierte die Wassersprenger neu, lockerte die Erde der Blumenbeete, pflanzte, schnitt und goss, mähte mit dem lauten Rasenmäher, sprühte Gift gegen die Blattläuse und verteilte sorgsam organischen und chemischen Dünger.

Die anderen Kibbuzmitglieder gingen ihm aus dem Weg. Im Speisesaal vermieden sie es, sich zu ihm an den Tisch zu setzen. An Sommerabenden saß er allein auf einer der grünen Bänke am Rand der großen Rasenfläche vor dem Speisesaal und schaute den Kindern zu, die im Gras herumtobten. Der Wind blähte sein Hemd auf und trocknete den Schweiß. Über den Wipfeln der hohen Zypressen zeigte sich ein rötlicher Wüstenwindmond.

An einem Abend wandte sich Zvi Provisor plötzlich an die Frau, die allein auf der Nachbarbank saß, Luna Blank, und verkündete ihr traurig: »Hast du nicht gehört? In Spanien ist ein Waisenhaus abgebrannt, und achtzig Waisen sind im Rauch erstickt.«

Luna, eine verwitwete Lehrerin Mitte vierzig, tupfte sich mit ihrem Taschentuch den Schweiß von der Stirn und sagte: »Das ist ja schrecklich.«

Und Zvi sagte: »Nur drei wurden gerettet, und auch ihr Zustand ist schlecht.«

Er arbeitete mit großer Hingabe und wurde bei uns dafür geachtet. Im Lauf der zweiundzwanzig Jahre, die er schon in unserem Kibbuz lebte, hatte er nicht einen einzigen Tag krankheitshalber bei der Arbeit gefehlt. Es war sein Verdienst, dass die Grünanlagen des Kibbuz blühten und gediehen. An jeder freien Stelle pflanzte er je nach Jahreszeit andere Blumen. Da und dort legte er Steingärten an, die er mit verschiedenartigen Kakteen bepflanzte, da und dort errichtete er Weinlauben aus Holz. Vor dem Speisesaal baute er einen Springbrunnen, mit Goldfischen und Wasserpflanzen darin. Er hatte einen Sinn für Schönheit, und alle wussten das zu schätzen. Aber hinter seinem Rücken nannte man ihn Todesengel, und man sagte ihm nach, er habe kein Interesse an Frauen, auch noch nie gehabt, und eigentlich auch nicht an Männern. Es gab einen jungen Mann, Roni Schindlin, der ihn so vortrefflich nachmachen konnte, dass wir uns vor Lachen kugelten. Nachmittags, wenn alle im Kreis ihrer Familie auf den Terrassen oder den kleinen Rasenstücken vor ihren Häusern saßen, Kaffee tranken und mit den Kindern spielten, ging Zvi Provisor in den Clubraum, um Zeitungen zu lesen. Dort saß er dann zusammen mit fünf, sechs debattierfreudigen Zeitungsfressern, ebenso einsamen Männern wie er, alternden Junggesellen, Geschiedenen oder Witwern.

Ruvke Rot, ein kleiner, kahlköpfiger Mann mit großen Fledermausohren, knurrte in seiner Ecke, dass die Vergeltungsaktionen nur den blutigen Kreislauf anheizten, denn Rache führe zu Rache und Vergeltung zu Vergeltung.

Sofort fielen die anderen über ihn her und machten ihm Vorhaltungen: Was sagst du da, man muss ihnen etwas entgegensetzen, Zurückhaltung und Versöhnlichkeit verstärken die Frechheit der Araber nur!

Zvi Provisor blinzelte und sagte: »Am Schluss wird es zu einem Krieg werden. Es wird unausweichlich zu einem schrecklichen Krieg führen.«

Und Immanuel Glusman, der Stotterer, ereiferte sich: »K-k-krieg. S-s-sehr gut. Wir werden s-s-siegen und das Land bis zum J-j-jordan erobern.«

Ruvke Rot überlegte laut: »Ben Gurion ist ein großer Schachspieler. Immer sieht er fünf Züge voraus. Aber was? Bei ihm geht alles nur mit Gewalt.«

Zvi Provisor prophezeite traurig: »Wenn wir verlieren, werden die Araber kommen und uns auslöschen. Wenn wir gewinnen, werden die Russen kommen und uns in die Luft sprengen.«

Immanuel Glusman flehte: »G-g-genug, Freunde, still, l-l-lasst uns in Ruhe Z-z-zeitung lesen.«

Und nach einigen Minuten Schweigen verkündete Zvi: »Habt ihr schon gehört? Hier steht, dass der König von Norwegen an Leberkrebs erkrankt ist. Auch bei uns hat der Vorsitzende der Bezirksverwaltung Krebs.«

Wenn Roni Schindlin, der Spötter, Zvi vor der Schusterei oder vor dem Kleidermagazin begegnete, zog er ihn auf: »Nun, Todesengel? Welches Flugzeug ist heute abgestürzt?«

Es wurde Zvi Provisor und Luna Blank zu einer Art Gewohnheit, gegen Abend ein paar Worte zu wechseln. Er saß am rechten Rand der linken Bank vor dem großen Rasen, und sie saß in seiner Nähe, am linken Rand der rechten Bank, in einem hübschen sommerlichen Trägerkleid. Er blinzelte und erzählte ihr etwas, sie zerdrückte ihr Taschentuch zwischen den Fingern und lobte die Gartenanlagen des Kibbuz, die Arbeit seiner Hände, und sagte, es sei sein Verdienst, dass wir hier in einer solchen grünen Aue lebten, im Schatten blühender Obstbäume, umgeben von bunten Blumenbeeten. Sie hatte eine gewisse Neigung zu blumigen Worten. Sie unterrichtete die dritte Klasse und brillierte mit zarten Bleistiftzeichnungen, die die Wände einiger unserer kleinen Wohnungen zierten. Sie hatte ein rundes, lachendes Gesicht und lange Wimpern, aber ihr Hals war ein bisschen faltig, ihre Beine waren sehr dünn, und sie hatte fast keinen Busen. Ihr Mann war vor ein paar Jahren umgekommen, während seines Reservedienstes an der Grenze zu Gaza. Kinder hatten sie nicht. Bei uns galt sie als eine Frau mit positiver Grundeinstellung, die das ihr widerfahrene Unglück bewältigt hatte und sich mit ganzer Seele ihrer pädagogischen Aufgabe widmete. Zvi sprach über Rosensorten, und sie nickte immer wieder begeistert, als wollte sie ihm Wort für Wort zustimmen. Dann berichtete er ihr in allen Einzelheiten von der furchtbaren Heuschreckenplage, die den Sudan heimsuchte.

Luna sagte: »Du bist solch ein empfindsamer Mann.«

Zvi blinzelte und sagte: »Auch ohne das haben sie dort im Sudan schon wenig Grünes.«

Luna fragte: »Warum lädst du dir alles Leid der Welt auf deine Schultern?«

Zvi antwortete: »Die Augen vor der Grausamkeit des Lebens zu verschließen ist meiner Meinung nach Dummheit und Sünde. Tun können wir nur sehr wenig. Deshalb muss man es zumindest zur Sprache bringen.«

An einem dieser Sommerabende lud sie ihn zu sich ein, zum Kaffee. Er kam in seiner guten Kleidung, einer langen Khakihose und einem hellblauen Hemd mit kurzen Ärmeln. Sein Transistorradio hatte er an seinem Hosengürtel befestigt, und um acht Uhr entschuldigte er sich und hörte Nachrichten. An den Wänden von Luna Blanks Zimmer hingen in einfachen Rahmen einige ihrer Bleistiftzeichnungen. Auf diesen Bildern waren verträumte junge Mädchen zu sehen, außerdem gab es auch Landschaftsskizzen von felsigen Hügeln mit Olivenbäumen. Unter dem Fenster stand ein Doppelbett mit einem Überwurf und bestickten orientalischen

Kissen. In dem weißen Regal standen Bücher, die nach Größe geordnet waren, erst Kunstbände von van Gogh, Cézanne und Gauguin, dann die Cassuto-Bibelausgabe, schließlich Romane aus der Reihe Bibliothek des Volkes. Mitten im Zimmer standen ein runder, niedriger Tisch, über den eine bestickte Decke gebreitet war, und zwei schlichte Sessel. Der Kaffeetisch war schon für zwei gedeckt.

Zvi Provisor sagte: »Es ist sehr angenehm bei dir.« Und er fügte hinzu: »Sauber. Ordentlich.«

Luna Blank sagte verlegen: »Danke. Das freut mich.«

Aber in ihrer Stimme lag keine Freude, sondern nur verschämte Anspannung.

Dann tranken sie Kaffee und aßen Kekse. Sie sprachen über Zierbäume und Obstbäume, sie sprachen darüber, wie schwer es war, Autorität in der Schule zu wahren, in dieser Zeit, in der alles erlaubt war, sie sprachen über Zugvögel.

Zvi blinzelte und sagte: »In Hiroshima, habe ich in der Zeitung gelesen, gibt es heute, mehr als zehn Jahre nach der Atombombe, noch immer keine Vögel.«

Luna sagte: »Alles Leid der Welt lädst du dir auf deine Schultern.«

Und sie sagte auch: »Auf einem niedrigen Zweig vor

meinem Fenster habe ich vorgestern einen Wiedehopf gesehen.«

So fingen sie an, sich regelmäßig in den frühen Abendstunden zu treffen. Sie saßen zusammen auf einer der Bänke in den Anlagen im Schatten einer dichten Bougainvillea, oder sie tranken Kaffee in Lunas Zimmer. Wenn er um vier von der Arbeit nach Hause kam, duschte er, kämmte sich vor dem Spiegel, zog seine gebügelte Khakihose und das hellblaue Hemd an und ging zu ihr. Manchmal brachte er ihr ein paar Blumenstecklinge für ihren kleinen Garten mit und einmal auch einen Band mit einer Auswahl von Gedichten von Jakob Fichmann. Sie schenkte ihm eine Tüte mit Mohnkeksen, außerdem eine Zeichnung von einer Bank vor zwei Zypressen. Doch schon um acht oder halb neun pflegten sie sich zu trennen. Zvi kehrte dann in sein mönchisches Zimmer zurück, in dem immer ein schwerer Junggesellengeruch hing. Roni Schindlin witzelte im Speisesaal: »Der Todesengel sinkt hernieder auf die schwarze Witwe.« Im Clubraum mit den Zeitungen sagte Ruvke Rot halb spöttisch, halb liebevoll zu Zvi: »Na, hat die Hand nun einen Handschuh gefunden?«

Doch Zvi und Luna ließen sich von dem Gerede und

den Sticheleien nicht beirren. Das Band zwischen ihnen verstärkte sich nahezu von Tag zu Tag. Er vertraute ihr an, dass er in seiner freien Zeit, allein in seinem Zimmer, einen Roman des Schriftstellers Iwaszkiewicz aus dem Polnischen ins Hebräische übersetze. Ein Roman reich an Zartgefühl und Leid. Unser Dasein hier in der Welt erscheine diesem Schriftsteller absurd und zugleich herzergreifend. Luna lauschte ihm mit geneigtem Kopf, mit leicht geöffnetem Mund, und goss ihm noch etwas heißen Kaffee ein, als wären seine Worte ein Beweis dafür, dass er Trost benötigte und verdiente, und als könnte der Kaffee ihn etwas für das Leid des Schriftstellers Iwaszkiewicz und für sein eigenes Leid entschädigen. Sie spürte, dass die Beziehung zwischen ihnen ihr kostbar war und ihre Tage ausfüllte, die bis dahin flach und eintönig gewesen waren. Eines Nachts träumte sie, dass sie beide zusammen auf einem Pferd saßen, ihre Brüste drückten gegen seinen Rücken, ihre Arme umschlangen seine Hüften, und sie ritten durch ein Tal zwischen hohen Bergen an einem aufgewühlt schäumenden Wildbach entlang. Sie beschloss, Zvi diesen Traum nicht zu erzählen, obwohl sie ihm andere Träume ausführlich und ohne Scheu erzählt hatte. Zvi seinerseits blinzelte und erzählte, dass er in seiner Kindheit, in dem Städtchen Janów in Polen, davon geträumt hatte, Student zu werden. Doch dann sei er von der zionistisch-sozialistischen Jugendbewegung mitgerissen worden, habe sich den *Chaluzim*, den Pionieren, angeschlossen und auf ein Studium verzichtet. Trotzdem habe er nie aufgehört, aus Büchern zu lernen.

Luna pickte vorsichtig zwei Krümel von der Tischdecke und sagte: »Du warst ein sehr schüchterner Junge. Auch jetzt bist du noch ein bisschen schüchtern.«

Zvi sagte: »Du kennst mich nicht richtig.«

Luna sagte: »Dann erzähl. Ich höre.«

Und Zvi erzählte: »Heute Nacht habe ich im Radio gehört, dass in Chile ein Vulkan ausgebrochen ist. Vier Dörfer wurden völlig unter den Lavaströmen begraben. Den meisten Bewohnern ist es nicht gelungen zu entkommen.«

Eines Abends, als er ihr mit flammenden Worten von der Hungersnot im Osten Afrikas berichtete, wurde ihr das Herz heiß, sie ergriff plötzlich seine Hand und zog sie auf ihren Schoß. Zvi erzitterte und riss eilig, mit einer fast gewaltsamen Bewegung, seine Hand zurück. Er begann heftig zu blinzeln. Sein ganzes Leben lang hatte er andere nicht berührt und erschauerte, wenn er berührt wurde. Er liebte es, aufgelockerte Erde oder zarte Pflanzenstängel zu berühren, aber die Berührung fremder Menschen, seien es Männer oder Frauen, ließ ihn zurückschrecken, als hätte er sich verbrannt. Immer hatte er jedes Händeschütteln vermieden, Schulterklopfen, das zufällige Streifen von Armen, wenn er sich im Speisesaal an den Tisch setzte. Kurz darauf erhob er sich und ging. Am nächsten Tag ließ er sich nicht bei ihr sehen, denn er fing an zu fürchten, dass die Beziehung zwischen ihnen offenbar unvermeidlich zu unglücklichen Situationen führen würde, die er nicht wollte und sogar verabscheute. Luna verstand nicht das Geringste, doch in dem ihr eigenen Feingefühl erahnte sie, dass sie ihn irgendwie verletzt haben musste. Sie beschloss, um Entschuldigung zu bitten, auch wenn sie nicht wusste, wofür. Hatte sie ihm eine Frage gestellt, die sie ihm nicht hätte stellen dürfen? Oder war es ihr misslungen, einen bedeutungsvollen Hinweis zu erfassen, der sich in seinen Worten verborgen hatte?

Zwei Tage später schob sie, als er nicht zu Hause war, einen Zettel unter seiner Tür hindurch, auf dem in ihrer runden, unschuldigen Handschrift stand: »Entschuldige, wenn ich dich gekränkt habe. Können wir sprechen?«

Zvi antwortete mit einem Zettel: »Besser nicht. Es wird nicht gut enden.«

Trotzdem wartete sie nach dem Abendessen unter dem Zedrachbaum vor dem Speisesaal auf ihn und sagte schüchtern: »Erklär mir, was ich getan habe.«

»Nichts Schlimmes.«

»Warum ziehst du dich dann von mir zurück?«

»Versteh doch: Es ist … überflüssig.«

Von da an trafen sie sich nicht mehr, und wenn sie einander auf einem der Wege oder in der Ausgabestelle für Dinge des täglichen Bedarfs zufällig begegneten, nickten sie sich zu, zögerten kurz und gingen auseinander.

Beim Mittagessen sagte Roni Schindlin zu seinen Tischgenossen, der Todesengel habe seine Flitterwochen abgebrochen, ab sofort seien wir alle wieder in Gefahr. Und in der Tat verkündete Zvi wieder schlechte Nachrichten und erzählte den Junggesellen im Clubraum mit den Zeitungen, dass in der Türkei eine große Brücke eingestürzt sei, noch dazu zur Hauptverkehrszeit.

Zwei, drei Monate später fiel uns auf, dass Luna Blank nicht mehr zu den Treffen des Arbeitskreises für klassische Musik kam und dass sie sogar einigen Lehrerkonferenzen fernblieb. Sie färbte sich die Haare kupferrot und fing an, einen grellen Lippenstift zu benutzen. Ab und zu erschien sie nicht zum Abendessen. An Sukkot fuhr sie für einige Tage in die Stadt und kam in einem Kleid zurück, das uns etwas gewagt vorkam, mit einem hohen Schlitz an der Seite. Anfang Herbst sahen wir sie ein paarmal zusammen mit dem Basketballtrainer auf der Bank am Rand des großen Rasens, einem Mann, zehn Jahre jünger als sie, der zweimal in der Woche aus Netanja zu uns kam. Roni Schindlin sagte: »Bestimmt lernt sie nachts zu dribbeln.« Nach zwei, drei Wochen nahm sie Abstand vom Basketballtrainer und ließ sich in Begleitung des Kommandeurs der bei uns stationierten Nachal-Einheit sehen, der gerade einmal zweiundzwanzig war. Das konnte man nun nicht mehr stillschweigend übergehen, der Erziehungsausschuss kam zu einer diskreten Sitzung zusammen und beriet sich über die pädagogischen Auswirkungen.

Abend um Abend saß Zvi Provisor allein auf der Bank beim Springbrunnen, den er eigenhändig gebaut hatte, und schaute regungslos den Kindern zu, die auf dem Rasen spielten. Wenn jemand vorbeiging und ihm einen guten Abend wünschte, wünschte er ebenfalls einen guten Abend und berichtete traurig von den Überschwemmungen im Südosten von China.

Kurz vor Winterbeginn machte sich Luna Blank mitten im Schuljahr auf und fuhr, ohne Vorwarnung und ohne Genehmigung des Kibbuzsekretariats, zu ihrer Schwester nach Amerika. Ihre Schwester hatte ihr ein Ticket geschickt, und Luna wurde eines Morgens in der Nähe der Bushaltestelle gesichtet, in ihrem gewagten Kleid, mit einem bunten Halstuch, auf hohen Absätzen und einen großen Koffer im Schlepptau. »Angezogen geradewegs für Hollywood«, kommentierte Roni Schindlin. Das Sekretariat beschloss, ihre Kibbuzmitgliedschaft bis zur Klärung des Falles zu suspendieren, und Roni Schindlin sagte zu seinen Tischgenossen: »Die schwarze Witwe flieht vor dem Todesengel.«

Luna Blanks Zimmer blieb vorerst verschlossen und dunkel, obwohl im Wohnungsausschuss schon jemand ein Auge darauf geworfen hatte, wegen des allgemeinen Mangels an Unterkünften. Auf ihrer kleinen Terrasse standen noch fünf, sechs einfache Blumentöpfe, Philodendren, Geranien und Kakteen, und Zvi schaute von Zeit zu Zeit nach ihnen, goss sie und lockerte die Erde.

Dann kam der Winter. Tiefhängende Wolken lasteten auf den Wipfeln der Bäume. Auf den Feldern und in den Obstplantagen lag dicker Schlamm, und die Feld- und Plantagenarbeiter arbeiteten in der Fabrik. Unablässig fiel grauer Regen. Nachts hörte man die Regenrinnen laut rauschen, und kalter Wind drang durch die Ritzen der Fensterläden in die Häuser.

Zvi Provisor saß Abend um Abend bis halb elf an dem mönchischen Tisch in seinem Zimmer und hörte alle Nachrichten, und zwischen einer Nachrichtensendung und der nächsten beugte er sich vor und übersetzte im Licht seiner buckligen Lampe noch einige Zeilen aus Iwaszkiewicz' Buch voller Leid. Über seinem Bett hing die Bleistiftzeichnung, die Luna ihm geschenkt hatte, eine Bank vor zwei Zypressen. Die Zypressen wirkten trist, und auf der Bank saß niemand. Um halb elf hüllte er sich in seinen Mantel, ging hinaus auf seine Terrasse und betrachtete die tiefhängenden Wolken und die menschenleeren, im gelben Laternenlicht vor Nässe glänzenden Betonwege. Wenn der Regen einmal eine Pause machte, brach er zu einem Nachtspaziergang auf und schaute nach den Blumentöpfen auf ihrer Terrasse. Eine Laubschicht bedeckte die Stufen, und Zvi glaubte, einen leichten Seifen- oder Shampooduft wahrzunehmen, der aus ihrem verschlossenen Zimmer drang. Dann wanderte er noch eine Weile über die menschenleeren Wege, von den nassen Zweigen fielen Tropfen auf seinen unbedeckten Kopf. Wenn er schließlich in sein Zimmer zurückkehrte, hörte er blinzelnd, ohne Licht anzumachen, die letzte Nachrichtensendung. Und eines Tages, ganz früh, vor der Morgendämmerung, als noch überall feuchtkalte Finsternis herrschte, hielt er einen der Melker an, der auf dem Weg zur Frühschicht war, und verkündete ihm traurig: »Hast du gehört? Heute Nacht ist der König von Norwegen gestorben. Er hatte Krebs. In der Leber.«

Zwei Frauen

Früh am Morgen, noch vor Sonnenaufgang, hört sie die Tauben vor ihrem offenen Fenster. Das tiefe, gleichmäßige Gurren schenkt ihr Ruhe. Ein leichter Wind bewegt die Wipfel der Kiefern, und am Hang des Hügels kräht ein Hahn. In der Ferne bellt ein Hund, ein anderer antwortet ihm. Diese Laute wecken Osnat noch vor dem Klingeln des Weckers. Sie steht auf, schaltet den Wecker aus, wäscht sich und schlüpft in ihre Arbeitskleidung. Um halb sechs macht sie sich auf den Weg zur Kibbuzwäscherei. Dabei kommt sie an der dunklen, abweisend wirkenden Wohnung von Boas und Ariela vorbei. Sie sagt sich, die beiden schlafen bestimmt noch, und dieser Gedanke löst in ihr weder Neid noch Schmerz aus, sondern eine dumpfe Verwunderung: Als wäre alles, was passiert ist, nicht ihr passiert, sondern fremden Menschen, und nicht vor zwei Monaten, sondern vor vielen Jahren. In der Wäscherei schaltet sie das Licht an, weil das Tageslicht noch zu blass ist. Dann beugt sie sich über die Kleiderstapel, die darauf warten, gewaschen zu werden, und fängt an, sie zu sortieren, nach Weiß- oder

Buntwäsche, nach Baumwolle oder Synthetik. Säuerliche Körpergerüche steigen aus den schmutzigen Kleidungsstücken auf und mischen sich mit dem Geruch des Waschpulvers. Osnat arbeitet allein, aber sie hat ein Radio, und obgleich das Brummen der Waschmaschinen die Stimmen der Sprecher und die Musik dämpft, lässt sie es die ganze Zeit laufen, um ihre Einsamkeit zu übertönen. Um halb acht ist sie mit der ersten Runde fertig, sie räumt die Maschinen leer, füllt sie erneut und geht zum Speisesaal, um zu frühstücken. Ihr Gang ist immer langsam, als wäre sie sich nicht sicher, wohin sie gehen sollte, oder als wäre es ihr gleichgültig. Wir alle halten Osnat für eine sehr ruhige junge Frau.

Zu Beginn des Sommers hatte Boas ihr von der Beziehung zwischen ihm und Ariela Barasch erzählt, die nun schon acht Monate andauere. Nun habe er entschieden, sagte er ihr, dass sie drei unmöglich mit dieser Lüge weiterleben könnten. Deshalb habe er beschlossen, Osnat zu verlassen und zu Ariela zu ziehen. »Du bist kein kleines Mädchen mehr«, sagte er, »und du weißt, Osnat, solche Dinge passieren heute tagtäglich auf der ganzen Welt, auch bei uns im Kibbuz. Zum Glück haben wir keine Kinder. Das wäre bestimmt viel schwerer für uns.« Sein Fahrrad würde er mitnehmen, doch das Radio lasse er ihr hier. Er wolle, dass die Trennung im Guten verlaufe, so wie ihr gemeinsames Leben die ganzen Jahre lang im Guten verlaufen sei. Wenn sie wütend auf ihn wäre, würde er sie ganz und gar verstehen, obwohl sie eigentlich wenig Grund habe, wütend zu sein. »Schließlich ist die Beziehung zu Ariela nicht entstanden, um dir wehzutun. Solche Dinge passieren eben, das ist alles.« Er bitte sie jedenfalls um Verzeihung. Seine persönlichen Sachen würde er noch heute holen, und er überlasse ihr nicht nur das Radio, sondern auch alles andere, einschließlich der Fotoalben und der bestickten Sofakissen und des Kaffeeservices, das sie zu ihrer Hochzeit geschenkt bekommen hatten.

Osnat sagte: »Ja. In Ordnung.«

»Was heißt das?«

»Geh.«

Und dann sagte sie: »Geh schon.«

Ariela Barasch war geschieden, schlank und hochgewachsen, sie hatte einen zarten Hals, Locken und lachende Augen, von denen eines leicht schielte. Sie arbeitete im Hühnerstall und war zugleich die Koordinatorin unseres Kulturausschusses. Sie war zuständig für Feiertage, Zeremonien, Hochzeiten, für die Einladung von Vortragenden für die Schabbatabende und für die Auswahl der Filme, die mittwochabends im Speisesaal gezeigt wurden. Sie hatte die kindliche Angewohnheit, »sch« wie »s« auszusprechen. In ihrer Wohnung hielt sie einen alten Kater und einen jungen Hund, fast noch ein Welpe, die friedlich beisammen lebten. Der Hund fürchtete sich ein wenig vor dem Kater. Wenn sie aufeinandertrafen, machte er ihm höflich den Weg frei, der Kater wiederum ignorierte den Hund völlig und ging an ihm vorbei, als wäre er Luft. Doch die meiste Zeit des Tages verbrachten beide dösend, der Kater lag auf dem Sofa und der Hund auf dem Teppich, und sie beachteten einander nicht. Ein Jahr lang war Ariela Barasch mit Efraim verheiratet gewesen, einem Berufsoffizier, der sie dann wegen einer jungen Soldatin verlassen hatte. Die Beziehung zwischen ihr und Boas hatte angefangen, als er einmal zu ihr gekommen war, um ihren tropfenden Wasserhahn wieder in Ordnung zu bringen. Sein Trägerhemd war voller Schmierölflecken, und er trug einen breiten Ledergürtel mit einer großen Metallschnalle. Als er sich über den Hahn beugte, strich sie ihm ein paarmal sanft über den verschwitzten Rücken, bis er sich zu ihr umdrehte, ohne die Rohrzange und den Schraubenschlüssel aus der Hand zu legen. Von da an hatte er sich immer wieder für eine halbe Stunde oder eine Stunde in ihr Zimmer gestohlen, doch irgendjemand im Kibbuz Jikhat hatte die Heimlichkeiten bemerkt und nicht gezögert, sie den anderen mitzuteilen. Bei uns sagte man: Ein seltsames Paar, er ein Phlegmatiker, der kaum ein Wort herausbringt, während sie unaufhörlich redet. Roni Schindlin spottete: »Der Honig hat den Bär gefressen.« Niemand erzählte Osnat davon, aber ihre Freundinnen umgaben sie mit übertriebener Freundlichkeit und fanden Wege, sie daran zu erinnern, dass sie bei uns nicht allein sei, und wenn sie etwas brauche, und so weiter. Dann packte Boas seine Sachen in den Fahrradkorb und zog zu Ariela. Nachmittags kam er von der Arbeit in der Werkstatt zurück, zog die Arbeitskleidung aus und ging duschen. Von der Tür des Badezimmers aus fragte er immer: »Nun, was ist heute wieder passiert?«

Und Ariela antwortete verwundert: »Was soll passiert sein? Nichts ist passiert. Geh unter die Dusche, danach trinken wir Kaffee.«

Ariela fand einen zusammengefalteten Zettel in ihrem Postfach in der linken unteren Ecke neben dem Eingang zum Speisesaal. Darauf stand in der runden, ruhigen Handschrift Osnats: »Boas vergisst immer, die Tabletten gegen Bluthochdruck zu nehmen. Er muss morgens nach dem Aufstehen und abends vor dem Schlafengehen eine nehmen, und morgens auch eine halbe Tablette gegen Cholesterin. Er sollte den Salat ohne schwarzen Pfeffer und mit sehr wenig Salz essen, außerdem nur mageren Käse und auf keinen Fall Steaks. Fisch und Geflügel darf er essen, aber ohne scharfe Gewürze. Und nicht zu viele Süßigkeiten. Osnat. P.S. Und er sollte weniger schwarzen Kaffee trinken.«

Ariela Barasch legte einen Antwortzettel in Osnats Postfach. Darauf stand in ihrer spitzen, unruhigen Handschrift: »Danke. Das ist sehr großmütig von Dir. Boas leidet auch an Sodbrennen, aber er sagt, das wäre nichts. Ich werde versuchen, alles zu beachten, was Du geraten hast, aber er ist nicht so einfach, er achtet nicht auf seine Gesundheit, er achtet auf alles Mögliche nicht. Das weißt Du ja. Ariela B.«

Osnat schrieb zurück: »Wenn Du ihm keine in Fett gebratenen, sauren und scharfen Gerichte zu essen gibst, wird er auch kein Sodbrennen haben. Osnat.«

Ariela Barasch antwortete ihr ein paar Tage später: »Ich frage mich oft, was wir getan haben. Seine Gefühle sind sehr verhalten und meine wechseln. Er mag meinen Hund, aber den Kater kann er nicht ausstehen.

Wenn er nachmittags von der Arbeit in der Werkstatt zurückkommt, fragt er mich: Nun, was ist heute wieder passiert? Dann duscht er, trinkt schwarzen Kaffee, sitzt in meinem Sessel und liest Zeitung. Als ich ihn dazu bewegen wollte, Tee statt Kaffee zu trinken, ist er wütend geworden und hat gebrummt, ich solle bloß aufhören, seine Mutter zu spielen. Immer schläft er im Sessel ein, die Zeitung gleitet auf den Boden, und um sieben wacht er wieder auf und hört die Nachrichten im Radio. Währenddessen streichelt er den Hund und murmelt irgendwelche unverständlichen Kosenamen, aber wenn der Kater auf seinen Schoß springt und um Liebe wirbt, scheucht er ihn hart und angewidert weg, und in mir zieht sich alles zusammen. Als ich ihn einmal gebeten habe, eine klemmende Schublade wieder in Ordnung zu bringen, da hat er nicht nur die Schublade wieder in Ordnung gebracht, sondern auch die beiden Schranktüren ausgebaut und wieder neu eingesetzt, und danach hat er gelacht und gefragt, ob er auch noch den Fußboden oder das Dach reparieren solle. Ich frage mich, was mich zu ihm gezogen hat und manchmal noch immer zieht, und ich finde keine klare Antwort. Auch nach dem Duschen sind seine Fingernägel noch schwarz vom Motoröl, die Haut seiner Hände ist rau und rissig, und seine

Wangen sind nach dem Rasieren noch voller Stoppeln. Vielleicht ist es sein ewiges Dösen, denn auch wenn er wach ist, scheint er zu dösen, und das reizt mich dazu, ihn aufwecken zu wollen. Aber das gelingt mir nur für einen Moment, Du weißt, wie, und selbst das nicht immer. Es vergeht kein Tag, an dem ich nicht an Dich denke, Osnat, kein Tag, an dem ich mich nicht selbst als Schurkin beschimpfe, kein Tag, an dem ich mich nicht frage, ob es überhaupt eine Entschuldigung für das gibt, was ich Dir angetan habe. Und manchmal sage ich mir, Osnat hat es vielleicht in Wirklichkeit nicht so viel ausgemacht, vielleicht hat sie ihn nicht geliebt? Das ist schwer zu wissen. Man könnte denken, ich hätte die Wahl gehabt, Dir das anzutun oder nicht. Aber eigentlich haben wir nicht wirklich eine Wahl. Diese ganze Sache der Anziehung zwischen Mann und Frau kommt mir auf einmal seltsam und sogar ein bisschen lächerlich vor. Dir vielleicht auch? Wenn ihr Kinder gehabt hättet, hätten Du und ich viel mehr gelitten. Und er? Was empfindet er eigentlich? Wie soll man das wissen. Du weißt so genau, was er essen darf und was nicht, aber weißt Du, was er empfindet? Ob er überhaupt etwas empfindet? Ich habe ihn sogar einmal gefragt, ob er es bereut, er hat irgendetwas vor sich hin gebrummt und dann gesagt: Du siehst doch selbst, dass ich hier bei dir bin und nicht bei ihr. Du sollst wissen, Osnat, dass ich fast jede Nacht, wenn er eingeschlafen ist, wach im Bett liege und das Mondlicht betrachte, das durch den Spalt zwischen den Vorhängen hereinfällt, und dann frage ich mich, was wäre, wenn ich Du wäre. Ich fühle mich von Deiner Ruhe angezogen. Ach, wenn ich doch etwas von Deiner Ruhe in mich aufnehmen könnte. Manchmal stehe ich auf und ziehe mich an, um mitten in der Nacht zu Dir zu laufen, so wie ich bin, und Dir alles zu erklären, aber was kann ich erklären? Dann stehe ich zehn Minuten auf der Terrasse, schaue in den hellen Nachthimmel und suche den Großen Bären, danach gehe ich ins Zimmer zurück, ziehe mich aus und lege mich wieder wach ins Bett. Er schnarcht friedlich vor sich hin, und ich werde von der Sehnsucht gepackt, ganz woanders zu sein. Vielleicht sogar in Deinem Zimmer, zusammen mit dir. Du musst verstehen, das passiert mir nur nachts, wenn ich wach im Bett liege und nicht einschlafen kann und nicht verstehe, was passiert ist und warum, und dann auf einmal nur noch eine drängende Nähe zu Dir fühle. Ich würde zum Beispiel gern mit Dir in der Wäscherei arbeiten. Nur wir beide. Deine beiden Zettel trage ich ständig bei mir, wieder und wieder falte ich sie auf und lese sie. Ich möchte, dass Du weißt, wie sehr ich jedes Wort, das Du mir geschrieben hast, schätze, und noch mehr erfüllt mich Hochachtung vor dem, was Du mir nicht geschrieben hast. Im Kibbuz reden sie über uns, sie wundern sich über Boas und sagen, ich wäre einfach vorbeigegangen, hätte mich gebückt und ihn von Dir weggepflückt, und sie sagen auch, dass es für Boas sowieso einerlei wäre, in welche Wohnung er nach der Arbeit geht und in welchem Bett er schläft. Als ich Roni Schindlin vor dem Kibbuzsekretariat begegnet bin, hat er mir zugezwinkert, gelacht und gesagt: »Nun, Mona Lisa, stille Wasser sind tief, nicht wahr?« Und ich habe ihm nicht geantwortet und bin beschämt weggegangen. Dann, in meinem Zimmer, habe ich geweint. Ich weine jetzt manchmal nachts, wenn er eingeschlafen ist, nicht seinetwegen oder nicht nur seinetwegen, sondern meinetwegen und Deinetwegen. Als wäre Dir und mir, uns beiden, etwas Schlimmes und Hässliches passiert, das sich nicht mehr wieder in Ordnung bringen lässt. Manchmal frage ich ihn: Boas, was ist? Und er sagt: Nichts. Ich werde angezogen von dieser Sprödigkeit, es ist, als hätte er nichts, als käme er direkt aus einer Wüste der Einsamkeit. Und dann – aber warum erzähle ich Dir das, es muss Dir doch wehtun, das zu hören, und ich möchte Dir nicht noch mehr wehtun, sondern im Gegenteil, jetzt möchte ich teilhaben an Deiner Einsamkeit, so wie ich einen Moment lang an seine Einsamkeit rühren wollte. Jetzt ist es fast ein Uhr in der Nacht, er schläft im Bett, zusammengerollt wie ein Embryo, der Hund liegt zu seinen Füßen, und der Kater sitzt hier auf dem Tisch, an dem ich Dir im Licht der kleinen gebogenen Lampe schreibe. Der Kater ist wach und folgt mit seinen gelben Augen den Bewegungen meiner schreibenden Hand. Ich weiß, dass es keinen Sinn hat, dass ich aufhören sollte zu schreiben, dass Du diesen Brief, der schon vier Seiten lang geworden ist, überhaupt nicht lesen, sondern ihn zerreißen und wegwerfen wirst, und vielleicht wirst Du denken, ich wäre völlig aus dem Gleis geraten, und ja, das bin ich auch. Wollen wir uns nicht treffen und sprechen? Nicht über die Diät von Boas und nicht über die Medikamente, die er nehmen muss. (Ich bemühe mich wirklich, ihn dazu zu bringen, dass er sie nicht vergisst. Ich bemühe mich, aber nicht immer erfolgreich. Du kennst ja seine Sturheit, die an Achtlosigkeit grenzt, aber es ist doch wohl eher Gleichgültigkeit als Achtlosigkeit, oder nicht?) Wir könnten über ganz andere Dinge sprechen. Zum Beispiel über die Jahreszeiten oder über den Himmel, der in diesen Sommernächten voller Sterne ist. Ich interessiere mich ein wenig für Sterne und für Sternennebel. Du vielleicht auch? Ich warte darauf, dass Du mir sagst, mit einem Zettel, was du davon hältst, Osnat. Zwei Worte würden reichen. Ich warte. Ariela B.«

Osnat entschied sich, diesen Brief, der sie in ihrem Postfach erwartete, nicht zu beantworten. Sie las ihn zweimal, faltete ihn zusammen, legte ihn in die Schublade und stand eine Weile ganz still und ruhig am Fenster: Drei Katzenkinder nahe des Zaunes, eines beißt sich immer wieder in die Pfote, das zweite liegt zusammengerollt da und scheint zu dösen, aber seine Ohren richten sich misstrauisch zitternd nach vorn, als hörten sie irgendeinen leisen Laut, und das dritte rennt seinem Schwanz hinterher, aber weil es noch so klein ist, stolpert es manchmal und rollt sanft auf den Rücken. Ein Wind bläst so leicht, als wollte er eine Tasse Tee kühlen. Osnat entfernt sich vom Fenster und setzt sich aufrecht auf das Sofa, die Hände auf den Knien, die Augen geschlossen. Bald kommt der Abend, sie wird Radio hören, Unterhaltungsmusik, und dabei ein Buch lesen. Dann wird sie sich ausziehen, die Sachen sorgfältig zusammenlegen, die Arbeitskleidung für morgen neben dem

Bett bereitlegen, sich waschen und schlafen gehen. Sie schläft in diesen Nächten traumlos und wacht auf, bevor der Wecker klingelt. Die Tauben wecken sie.

Unter Freunden

Gegen Morgen fiel der erste Regen des Winters auf die Häuser des Kibbuz, auf die Felder und auf die Obstplantagen. Ein frischer Duft von nasser Erde und von blankgewaschenen Blättern erfüllte die Luft. Der Regen wischte den Staub von den roten Ziegeldächern und den Blechschuppen und rauschte in den Regenrinnen. Im frühen Morgenlicht schwebte leichter Nebeldunst zwischen den Häusern, und auf den Blumen in den Anlagen glitzerten Wasserperlen. Ein überflüssig gewordener Wassersprenger fuhr fort, sich zu drehen und Fontänen über ein Rasenstück zu sprühen. Ein nasses rotes Kinderfahrrad stand quer auf einem Weg. Aus den Wipfeln der Bäume erklangen die schrillen, hastigen Rufe verwunderter Vögel.

Der Regen weckte Nachum Ascherow aus einem schlechten Schlaf. Beim Aufwachen schien es ihm, jemand würde draußen an seinen Fensterladen klopfen, um ihm mitzuteilen, dass irgendetwas geschehen war. Er richtete sich im Bett auf und lauschte angestrengt, bis er verstand, dass es der erste Regen war. Noch heute wird er dort hingehen und Edna auffordern, sich ihm gegenüberzusetzen, er wird ihr direkt in die Augen schauen und mit ihr sprechen. Über alles. Und auch mit David Dagan. Er wird nicht stillschweigend darüber hinweggehen.

Doch was kann er ihm eigentlich sagen? Oder ihr?

Nachum Ascherow war der Elektriker des Kibbuz Jikhat, ein Witwer um die fünfzig. Edna war nun sein einziges Kind, nachdem ihr älterer Bruder, sein Sohn Jischaj, vor einigen Jahren bei einer Vergeltungsaktion umgekommen war. Ein willensstarkes junges Mädchen, mit schwarzen Augen und olivfarbener Haut, im Frühling war sie siebzehn geworden, sie ging in die letzte Klasse der Kibbuzschule. Sie kam immer gegen Abend zu ihm, von ihrem Zimmer im Schülerwohnheim, das sie mit zwei anderen Mädchen teilte, dann saß sie ihm gegenüber im Sessel, die Arme um die Schultern geschlungen, als wäre ihr kalt. Sogar im Sommer schlang sie die Arme um die Schultern. Fast jeden Tag war sie etwa eine Stunde bei ihm. Er bereitete für sie beide Kaffee und einen Teller mit geschältem und in Stücke geschnittenem Obst. Sie sprach mit ihrer leisen Stimme über die Radionachrichten oder erzählte ihm von der Schule, dann verabschiedete sie sich, um den Abend mit ihren Freunden und Freundinnen zu verbringen oder vielleicht auch ohne sie. Nachts schliefen sie und die anderen Jugendlichen ihres Alters im Schülerwohnheim. Nachum wusste nicht, wie und mit wem sie ihre freie Zeit verbrachte, er fragte sie nicht danach, und sie vermied es, von sich aus etwas zu erzählen. Er hatte den Eindruck, dass sich die Jungen noch nicht für sie interessierten, er war sich nicht sicher, doch er forschte nicht weiter nach. Einmal hatte er etwas über eine flüchtige Beziehung zwischen ihr und Dubi, dem Bademeister, gehört, dann war das Gerücht wieder verflogen. Er und seine Tochter sprachen nie von sich selbst, abgesehen von äußerlichen Dingen. Edna sagte zum Beispiel: »Du musst zur Sanitätsstation gehen, dein Husten gefällt mir nicht.«

Und Nachum sagte: »Mal sehen. Vielleicht in der nächsten Woche. Diese Woche bekommen wir einen neuen Generator für den Brutstall.«

Manchmal sprachen sie über Musik, die sie beide liebten, und manchmal sprachen sie überhaupt nicht, sondern legten eine Platte auf den alten Plattenspieler und lauschten beide der Musik von Schubert. Über den Tod von Ednas Mutter und den Tod ihres Bruders sprachen sie nie. Auch nicht über ihre Kindheitserinnerungen oder ihre Zukunftspläne.

Beide waren sie stillschweigend übereingekommen, Gefühle nicht zu berühren und auch einander nicht zu berühren. Selbst die leichteste Berührung vermieden sie, nicht einmal eine Hand auf die Schulter oder auf den Arm des anderen.

Beim Gehen hatte Edna von der Tür aus gesagt: »Auf Wiedersehen, Vater. Vergiss nicht, zur Sanitätsstation zu gehen. Ich komme morgen oder übermorgen wieder zu dir.« Und Nachum hatte geantwortet: »Ja. Komm. Und pass auf dich auf. Auf Wiedersehen.«

In wenigen Monaten würde Edna mit all ihren Klassenkameraden zur Armee einberufen werden, und man hatte ihr schon angekündigt, sie dem Nachrichtendienst zuzuteilen, weil sie aus eigenem Antrieb Arabisch gelernt hatte.

Nun aber, einige Tage vor dem ersten Regen, hatte der Kibbuz verwundert zur Kenntnis genommen, dass Edna Ascherow ihre Kleidung und ihre anderen Sachen zusammengepackt hatte und aus ihrem Zimmer im Schülerwohnheim zu dem Lehrer David Dagan gezogen war, der so alt war wie ihr Vater. David Dagan war einer der Gründer und der Leitfiguren des Kibbuz, ein beredter Mann mit festem, stämmigem Körper, breiten Schultern und einem kurzen, sehnigen Hals. Sein dichter, sorgfältig gestutzter Schnauzbart zeigte schon graue Haare. Für gewöhnlich ergriff er in Diskussionen mit einer gewissen Ironie, mit Entschiedenheit und mit ruhiger Bassstimme das Wort. Wir akzeptierten fast alle seine Autorität in ideologischen Fragen und auch in Angelegenheiten des Alltagslebens, weil er über eine Scharfsinnigkeit und Überzeugungskraft verfügte, der man nicht widerstehen konnte. Er unterbrach einen mitten im Satz, legte einem die Hand auf die Schulter und sagte freundlich und bestimmt: »Komm, gib mir nur einen Moment, lass uns gemeinsam Ordnung in die Sache bringen.« Er war ein orthodoxer Marxist, hörte aber mit großer Hingabe synagogale Gesänge. Über all die Jahre war David Dagan der Geschichtslehrer der Kibbuzschule. Er wechselte oft seine Liebschaften und hatte mit vier verschiedenen Frauen aus unserem Kibbuz und aus zwei benachbarten Kibbuzim sechs Kinder in die Welt gesetzt.

David Dagan war um die fünfzig, und Edna, die im Jahr zuvor seine Schülerin gewesen war, war gerade einmal siebzehn. Kein Wunder, dass das Getratsche an Roni Schindlins Tisch im Speisesaal immer höhere Wellen schlug. Von Abischag von Schunem war die Rede, von Lolita, von Blaubart. Joske M. sagte, diese Schande erschüttere das Fundament der Kibbuzschule, wie könne das sein, ein Lehrer und eine junge Schülerin, man müsse dringlich eine Sitzung des Erziehungsausschusses einberufen. Joschka widersprach ihm: »Mit der Liebe lässt sich nicht streiten. Haben wir hier nicht von jeher die freie Liebe auf unsere Fahnen geschrieben?« Und Rivka R. sagte: »Wie konnte sie ihrem Vater so etwas antun, nach allem, was er schon verloren hat. Nachum tut einem wirklich von Herzen leid, er wird das nicht überstehen.«

»Die ganze junge Generation will auf einmal an der Universität studieren«, sagte David Dagan mit seinem tiefen Bass an seinem Tisch im Speisesaal, »keiner will mehr auf den Feldern und in den Obstplantagen arbeiten.« Und in strengem Ton fügte er hinzu: »Wir müssen in Sachen Studium Grenzen setzen. Ist jemand anderer Meinung?«

Niemand stritt mit ihm, aber alle im Kibbuz empfanden Mitleid für Nachum Ascherow. Hinter Ednas und David Dagans Rücken sagte man: Das wird kein gutes Ende nehmen. Und man sagte: Er ist ganz und gar nicht in Ordnung. Er ist noch nie in Ordnung gewesen, wenn es um Frauen ging. Und über sie muss man sich einfach wundern.

Nachum schwieg. Es schien ihm, dass jeder, dem er

im Kibbuz begegnete, ihn verwundert oder spöttisch anschaute: Hat man denn nicht deine Tochter verführt? Wie kommt es, dass du dazu schweigst? Vergeblich versuchte er, seine fortschrittlichen Ansichten in Sachen Liebe und Freiheit zu Hilfe zu rufen. Kummer, Verlegenheit und Scham erfüllten ihn. Jeden Morgen stand er auf und ging in die Elektrowerkstatt. Er reparierte Lampen und Kocher, ersetzte alte Stecker durch neue, wechselte defekte Geräteteile aus und zog mit einer Leiter auf der Schulter und einem Werkzeugkasten in der Hand los, um eine neue Stromleitung im Kindergarten zu legen. Morgens, mittags und abends erschien er im Speisesaal, stand schweigend in der Schlange vor dem Ausgabetresen, belud sich das Tablett und setzte sich in eine Ecke, wo er in tiefem Schweigen seine Mahlzeit zu sich nahm. Er saß immer in derselben Ecke. Die Leute sprachen behutsam mit ihm, so wie man mit einem Schwerkranken spricht, ohne seinen Zustand auch nur mit einer Andeutung zu erwähnen, und er antwortete ihnen knapp, in gleichbleibendem Ton, mit leiser, etwas heiserer Stimme. Und in seinem Herzen sagte er sich: Noch heute werde ich zu ihr gehen und mit ihr sprechen. Und auch mit ihm. Sie ist doch noch ein Kind.

Aber Tag um Tag ging vorbei. Tag um Tag saß Nachum Ascherow in der Elektrowerkstatt, vornübergebeugt, die Brille auf der Nase nach unten gerutscht, und kümmerte sich um die Elektrogeräte, die ihm die anderen zur Reparatur brachten: Wasserkocher, Radioapparate, Ventilatoren. Er sagte sich wieder und wieder: Heute nach der Arbeit gehe ich bestimmt dort hin. Ich werde hingehen und mit beiden sprechen. Ich werde eintreten und nur einen oder zwei Sätze sagen, dann werde ich Edna fest am Arm packen und sie nach Hause zerren. Nicht zu ihrem Zimmer im Schülerwohnheim, sondern nach Hause zu mir. Aber welche Worte sollte er wählen? Was sollte er dort als Erstes sagen, wie sollte er beginnen? Sollte er kochend vor Wut hineinstürzen oder sollte er sich beherrschen und versuchen, an Vernunft und Pflichtgefühl zu appellieren? Vergeblich suchte er in seinem Inneren Zorn und Vorwürfe, er fand nur Schmerz und Enttäuschung. Zwei Söhne von David Dagan waren doch ein paar Jahre älter als Edna und hatten beide ihren Militärdienst bereits hinter sich. Vielleicht sollte er, statt dorthin zu gehen, mit einem der Söhne sprechen? Aber was konnte er ihm sagen?

Von klein auf hatte Edna Nachum nähergestanden als ihrer Mutter. Diese Nähe hatte sich kaum in Worten ausgedrückt, vielmehr in einer Art tiefem gegenseitigen

Verständnis, das bei Nachum dazu geführt hatte, dass er immer ganz genau wusste, was er sie fragen konnte und was nicht, wann er ihr besser nachgab und wann er sich durchzusetzen hatte. Nach dem Tod ihrer Mutter hatte Edna es übernommen, jeden Montag die Wäsche ihres Vaters in die Wäscherei zu tragen und sie ihm jeden Freitag, gewaschen und gebügelt, wieder zurückzubringen und ihm manchmal auch einen Knopf anzunähen. Seit dem Tod ihres Bruders hatte sie ihn fast jeden Tag gegen Abend in seiner Wohnung besucht. Er hatte die Vorhänge zugezogen und Kaffee gekocht, und sie saß eine Stunde oder etwas länger bei ihm. Sie sprachen nur wenig miteinander, über ihre Schule und seine Arbeit. Manchmal unterhielten sie sich über ein Buch. Oder sie hörten gemeinsam Musik. Schälten ein Stück Obst und aßen es. Nach ungefähr einer Stunde stand sie auf und stellte das Geschirr ins Spülbecken, überließ es aber ihrem Vater, die Sachen zu spülen, und ging zurück ins Schülerwohnheim. Wie und mit wem sie ihre freie Zeit zu verbringen pflegte, darüber wusste Nachum so gut wie nichts. Er wusste, dass die Lehrer mit ihr zufrieden waren, und hatte sich gefreut, als sie aus eigenem Antrieb Arabisch zu lernen begonnen hatte. Ein stilles Mädchen, sagte man im Kibbuz über sie, nicht kapriziös wie ihre Mutter, sondern gewissenhaft und fleißig wie ihr Vater. Schade, dass sie sich die Zöpfe abgeschnitten und sich stattdessen eine kurze Ponyfrisur zugelegt hat. Davor, mit den Zöpfen und dem Mittelscheitel, hat sie wirklich ausgesehen wie eine der jungen Pionierfrauen aus der vorhergehenden Generation.

Einmal, vor ein paar Monaten, war Nachum abends zu ihr ins Schülerwohnheim gegangen, um ihr einen Pullover zu bringen, den sie bei ihm vergessen hatte. Er fand sie auf ihrem Bett sitzend, mit zwei Freundinnen, die ebenfalls auf ihren Betten saßen, alle drei spielten Flöte und übten immer wieder dieselbe Stelle, eine einfache Tonleiter. Er entschuldigte sich bei den Mädchen für die Störung, legte den zusammengefalteten Pullover auf eine Ecke ihres Betts, wischte eine unsichtbare Staubflocke vom Tisch, entschuldigte sich noch einmal und verließ den Raum auf Zehenspitzen, um sie nicht weiter zu stören. Danach blieb er noch etwa fünf Minuten in der Dunkelheit vor ihrem Fenster stehen und lauschte dem Flötenspiel, das wieder einsetzte: Diesmal war es eine leichte, sich traurig immer wiederholende Etüde, und er spürte plötzlich, wie sich sein Herz zusammenzog. Er ging nach Hause, setzte sich in den Sessel und hörte Radio, bis ihm die Augen zufielen. In der Nacht, zwischen Schlafen und Wachen, drang das Heulen der Schakale von ganz nah in sein Ohr, als wären sie direkt vor seinem Fenster.

Am Dienstag nach der Arbeit duschte er, zog seine gebügelte Khakihose und das hellblaue Hemd an, hüllte sich in seinen kurzen, abgetragenen Mantel, der ihm das Aussehen eines verarmten Intellektuellen vom Anfang des letzten Jahrhunderts verlieh, putzte mit einem Zipfel seines Taschentuchs seine Brillengläser und war bereit, sich auf den Weg zu machen. Im letzten Moment erinnerte er sich an das Buch *Arabisch für Fortgeschrittene*, das Edna bei ihm liegengelassen hatte. Er wickelte das Buch mit großer Sorgfalt in Cellophan, klemmte es unter den Arm, setzte seine graue Schirmmütze auf und verließ das Haus.

Der Regen hatte seine Spuren hinterlassen, auf den Wegen waren kleine Pfützen, und die Blätter der Bäume waren blankgewaschen und dufteten frisch. Er ließ sich Zeit und machte einen Umweg, an den Kinderhäusern vorbei. Er wusste noch immer nicht, was er seiner Tochter und David Dagan sagen sollte, hoffte aber, dass ihm, wenn er vor ihnen stand, etwas einfallen würde. Für einen Moment schien es ihm, als hätte sich diese Geschichte zwischen Edna und David Dagan gar nicht in Wirklichkeit ereignet, sondern wäre nur eine boshafte Phantasie Roni Schindlins und der übrigen Klatschmäuler im Kibbuz. David Dagan würde, wenn er bei ihm ankäme, mit irgendeiner ganz anderen Frau seinen Nachmittagskaffee trinken, einer seiner Ex-Frauen oder der Lehrerin Siwa oder einer neuen jungen Frau, die Nachum nicht kannte. Edna würde überhaupt nicht dort sein, er würde an der Tür einfach ein paar Sätze mit David wechseln, über die politische Lage, über die Regierung, er würde einen Kaffee und auch eine Partie Schach ablehnen, sich verabschieden und sich auf den Weg machen, vielleicht zu Ednas Zimmer im Schülerwohnheim, dort würde er sie lesend antreffen oder Flöte spielend oder Hausaufgaben machend. Wie immer. Und er würde ihr das Buch zurückgeben.

Der Duft von nasser Erde begleitete ihn auf seinem Weg, vermischt mit dem fernen, scharfen Geruch von gärenden Orangenschalen und Kuhmist aus den Ställen.

Vor dem Denkmal für die gefallenen Soldaten des Kibbuz blieb er stehen. Nachum richtete den Blick auf den Namen seines Sohnes, Jischaj Ascherow, der vor sechs Jahren bei einem Angriff unserer Armee auf das Dorf Deir A-Nashaf umgekommen war. Alle elf Namen auf dem Denkmal waren in erhabenen Kupferbuchstaben angebracht, und Jischaj war der siebte oder achte auf der Liste. Nachum erinnerte sich daran, wie Jischaj als kleiner Junge die Anfangsbuchstaben von Wörtern nicht richtig aussprechen konnte, statt »traurig« sagte er »raurig« oder »nie« statt »Knie«. Er streckte die Hand aus und fuhr mit den Fingerspitzen über die kalten Kupferbuchstaben. Dann wandte er sich ab und ging weiter, und er wusste noch immer nicht, was er sagen sollte, fühlte sich aber plötzlich bedrückt, denn seit seiner Jugend hatte David Dagan einen festen Platz in seinem Herzen, und auch nach dem, was geschehen war, fühlte er keinen Zorn, sondern Verwirrung, vor allem aber Enttäuschung und Traurigkeit.

Während er sich von dem Denkmal entfernte, fing es plötzlich wieder an zu regnen, nicht in Strömen, sondern in hartnäckigen feinen Fäden. Dieser Nieselregen nässte seine Wangen und seine Stirn und beschlug seine Brillengläser, er schob das mit Cellophan umwickelte Buch tief unter seinen abgetragenen Studentenmantel und drückte es fest an seine Brust. Deshalb sah es aus, als griffe er sich ans Herz, weil er sich schlecht fühlte. Doch niemand begegnete ihm auf dem Weg, niemand sah, wie seine Hand gegen den Mantel drückte.

Vielleicht wird diese widersinnige Beziehung zwischen Edna und David Dagan in einigen Tagen von selbst aufhören? Vielleicht wird sie zur Besinnung kommen und in ihr früheres Leben zurückkehren? Oder David wird ihrer bald überdrüssig werden, so wie es bei all seinen Liebschaften nach kurzer Zeit der Fall gewesen war? Sie war doch noch ein junges Mädchen, das bislang keinen Freund gehabt hatte, außer, wie es hieß, so eine Geschichte von zwei, drei Wochen mit Dubi, dem Bademeister, während David Dagan bei uns als einer bekannt war, der ständig seine Frauen und Liebschaften wechselte.

Nachum Ascherow erinnerte sich an den Beginn seiner Freundschaft mit David Dagan: In den ersten Jahren nach der Kibbuzgründung waren sie so arm, dass sie in Zelten lebten, die sie von der Jewish Agency bekommen hatten. Nur die fünf Babys waren in der einzigen Baracke untergebracht. In dem jungen Kibbuz entbrannte ein ideologischer Streit darüber, ob nur die Eltern oder alle Kibbuzmitglieder für die Nachtwache in der Babybaracke eingeteilt werden sollten. Es war im Grunde eine Auseinandersetzung über die Frage, ob die Babys prinzipiell ihren Eltern oder der Kibbuzgemeinschaft gehörten. David Dagan kämpfte für den zweiten Standpunkt, während Nachum Ascherow sich für die natürlichen Rechte der Eltern einsetzte. Drei Abende lang, bis ein Uhr nachts, diskutierte die Kibbuzgemeinschaft, ob sie darüber in offener oder geheimer Abstimmung entscheiden sollte. David Dagan war für die offene Abstimmung, Nachum Ascherow für die geheime. Schließlich kamen sie überein, einen Ausschuss zu bilden, bestehend aus David, Nachum und drei noch kinderlosen Frauen. Dieser Ausschuss beschloss mit der Mehrheit der Stimmen, dass die Babys dem Kibbuz gehörten, aber auch, dass zur Nachtwache in der Babybaracke zuallererst die Eltern herangezogen werden sollten. Nachum bewunderte insgeheim David Dagans entschiedenen und konsequenten ideologischen Standpunkt, auch wenn er sich ihm widersetzte. David hingegen schätzte Nachums Feingefühl und Geduld und ihn beeindruckte, wie Nachum es mit seiner ruhigen Hartnäckigkeit schaffte, ihn eigentlich zu bezwingen. Als Jischaj beim Angriff auf Deir A-Nashaf umgekommen war, hatte David Dagan die ersten Nächte bei Nachum geschlafen. Seit damals hatte ihre Freundschaft über all die Jahre Bestand. Sie trafen sich ab und zu am frühen Abend, spielten Schach und sprachen über die Grundprinzipien des Kibbuzlebens, wie sie waren und wie sie sein sollten.

David Dagan wohnte in der äußersten Häuserreihe,

direkt vor der Mauer aus Zypressen, am Rand der Siedlung 3. Er war in diese Wohnung gezogen, nachdem er seine vierte Ehefrau verlassen hatte, und alle wussten, dass er sie wegen Siwa verlassen hatte, einer jungen Lehrerin aus der Stadt, die dreimal in der Woche bei uns übernachtete. Vor kurzer Zeit hatte er sein Verhältnis mit Siwa beendet, weil Edna ihre Sachen gepackt hatte und aus dem Schülerwohnheim zu ihm in seine neue Wohnung gezogen war.

Ein anderer Mann an meiner Stelle, dachte Nachum Ascherow, wäre wahrscheinlich wütend in die Wohnung gestürmt, hätte David links und rechts geohrfeigt, dann seine Tochter gepackt und sie mit Gewalt nach Hause gezerrt. Oder, im Gegenteil, wäre schweigend eingetreten und hätte sich vor die beiden hingestellt, ein gebrochener Mann, wie konntet ihr nur, schämt ihr euch denn gar nicht! Doch schämen wofür?, fragte sich Nachum.

Er stand schon ein paar Minuten im Nieselregen auf dem Weg vor dem Haus und drückte das Buch unter dem Mantel an sein Herz. Wegen der Regentropfen auf seinen Brillengläsern konnte er nicht klar sehen. Von fern war ein Donnergrollen zu hören, und der Regen wurde stärker. Nachum stellte sich unter das Vordach des Hauses und wartete. Er hatte noch immer keine

Ahnung, was er sagen sollte, wenn David ihm die Tür aufmachte. Und wenn es Edna wäre? David Dagans kleiner Vorgarten war vernachlässigt, überall wucherten Unkraut und Dornengestrüpp, auf dem viele weiße Schnecken klebten. Auf dem Fensterbrett standen drei Blumentöpfe mit verwelkten Geranien. Aus der Wohnung drang kein Geräusch, als wäre sie verlassen. Nachum trat seine Schuhe auf der Türmatte ab, zog ein zerdrücktes Taschentuch aus der Manteltasche und trocknete damit seine Brillengläser, steckte es wieder in die Tasche und klopfte zweimal an die Tür.

»Du bist es«, sagte David herzlich und zog Nachum hinein. »Schön. Komm rein. Bleib doch nicht draußen stehen. Es regnet. Ich erwarte dich schon seit Tagen. Ich habe nicht daran gezweifelt, dass du zu uns kommen würdest. Wir müssen sprechen. Edna«, rief er in die Wohnung hinein, »mach einen Kaffee für deinen Vater. Dein Vater ist endlich zu uns gekommen. Zieh deinen Mantel aus, Nachum. Setz dich. Wärm dich auf. Edna hat schon gefürchtet, du wärest böse auf uns, und ich habe ihr gesagt: Du wirst sehen, er wird kommen. Dir zu Ehren haben wir vor einer halben Stunde den Ofen angemacht. Ganz plötzlich kommt der Winter, nicht wahr? Wo hat dich der Regen erwischt?«

Er legte seine große Hand auf Nachums Mantelärmel und sagte: »Wir müssen wirklich über diese ärgerliche Angelegenheit mit den jungen Leuten reden, die nach dem Militärdienst auf einmal alle direkt zur Universität gehen wollen, statt zu arbeiten. Vielleicht sollten wir in der Vollversammlung zumindest festlegen, dass alle jungen Männer und alle jungen Frauen nach der Armee drei Jahre im Kibbuz arbeiten müssen, und erst nach diesen drei Jahren dürfen sie einen Antrag zum Studium stellen. Was hältst du davon, Nachum?«

Mit gepresster Stimme antwortete Nachum: »Aber ich verstehe nicht, wie …«

David unterbrach ihn, legte ihm die breite Hand auf die Schulter und erklärte: »Gib mir nur einen Moment, um Ordnung in die Sache zu bringen. Ich bin nicht gegen das Universitätsstudium. Ich habe nichts dagegen, dass die gesamte junge Generation einen akademischen Grad erlangt. Im Gegenteil: Eines Tages wird jeder Melker bei uns Doktor der Philosophie sein. Warum auch nicht. Aber keinesfalls auf Kosten der notwendigen Arbeit im Stall und auf dem Feld.«

Nachum zögerte. Er stand noch immer in seinem nassen, abgetragenen Mantel da, die linke Hand an die Brust gedrückt, damit das Buch, das sein Herz schützte, nicht zu Boden fiel. Schließlich setzte er sich, ohne den Mantel ausgezogen und ohne das Buch losgelassen zu haben.

David lachte und sagte: »Du widersprichst mir bestimmt, Nachum. Hat es in all den Jahren einmal etwas gegeben, bei dem du mir nicht widersprochen hast? Und trotzdem werden wir immer Freunde bleiben.«

Nachum hasste auf einmal David Dagans dichten, sorgfältig gestutzten Schnauzbart, in dem sich schon einige graue Haare zeigten, hasste David Dagans Gewohnheit, andere zu unterbrechen und nur einen Moment zu fordern, um Ordnung in die Sache zu bringen.

Er sagte: »Aber sie ist deine Schülerin.«

»Schon nicht mehr«, schnitt ihm David mit seiner gebieterischen Stimme das Wort ab. »Und in ein paar Monaten ist sie Soldatin. Komm her, Edna. Sag deinem Vater, dass niemand dich gewaltsam entführt hat.«

Edna kam ins Zimmer, in einer braunen Cordhose und einem blauen Pullover, der ihr zu groß war. Ihre schwarzen Haare waren mit einem hellen Band zurückgebunden. Sie trug ein Tablett mit zwei Tassen Kaffee, einer Zuckerdose und einem Milchkännchen. Sie beugte sich vor, stellte das Tablett auf den Tisch und blieb etwas entfernt von den beiden Männern stehen, die Arme um die Schultern geschlungen, als wäre ihr sogar hier kalt, trotz des brennenden Petroleumofens mit seiner schönen, blauen Flamme. Nachum warf ihr schnell einen Blick zu, wandte aber sofort wieder die Augen ab und errötete, als hätte er sie versehentlich halb bekleidet gesehen.

Sie sagte: »Es gibt auch Kekse.«

Dann, nach einer kleinen Pause, fügte sie, noch immer stehend, mit ihrer sanften, leisen Stimme hinzu: »Guten Tag, Vater.«

Nachum fand in seinem Herzen weder Zorn noch Vorwürfe, sondern nur eine bohrende Sehnsucht nach diesem Kind, als wäre Edna nicht hier im Zimmer, nur drei Schritte von ihm entfernt, sondern an einem fernen, fremden Ort.

Zaghaft sagte er, die Stimme am Ende des Satzes fragend erhoben: »Ich bin gekommen, um dich nach Hause zu holen?«

David Dagan legte die Hand auf Ednas Nacken, streichelte ihren Rücken, spielte mit ihren Haaren und erklärte zufrieden: »Edna ist kein Wasserkessel. Man nimmt sie nicht einfach und stellt sie irgendwohin. Stimmt's, Edna?«

Edna sagte nichts. Sie stand neben dem Ofen, die

Arme um die Schultern geschlungen, sie ignorierte David Dagans Hand, die über ihre Haare streichelte, und schaute in den Regen draußen vor dem Fenster.

Nachum hob den Blick und betrachtete sie. Ruhig und konzentriert wirkte sie, doch es schien ihm, als wäre sie mit ihren Gedanken ganz woanders. Als wäre sie abgelenkt worden von der Wahl zwischen diesen beiden Männern, die beide um die dreißig Jahre älter waren als sie. Oder als hätte diese Wahl fast nichts mit ihr zu tun. Nur das Prasseln des Regens an die Fensterscheiben und das Rauschen der Regenrinne waren zu hören. Im Petroleumofen brannte ein angenehmes Feuer, und ab und zu blubberte das Öl im Zulaufrohr. Warum bist du hierhergekommen?, fragte sich Nachum. Hast du wirklich den Drachen töten und die entführte Prinzessin befreien wollen? Du hättest einfach zu Hause bleiben und in Ruhe darauf warten sollen, bis sie zu dir kommt. Sie hat doch schließlich nur für einige Zeit einen schwachen Vater gegen einen starken, entschlossenen getauscht. Aber die Kraft des starken Vaters wird sie bald erdrücken. Bei ihm, genau wie bei mir, trägt sie die schmutzige Wäsche zur Wäscherei und bringt sie, gewaschen und gebügelt, wieder zurück. Das Ganze wird bestimmt von allein ein Ende haben. Wärest du nicht voreilig in den

Regen hinausgegangen und hierhergekommen, wärest du nur klug genug gewesen, zu Hause zu bleiben und auf sie zu warten, wäre sie früher oder später zu dir zurückgekehrt, sei es, um dir ihr Handeln zu erklären, sei es, weil diese Liebe ihr Ende gefunden hätte. Liebe ist eine Art Entzündung: Sie erfasst dich und gibt dich wieder frei.

David sagte: »Komm, gib mir nur einen Moment, lass uns gemeinsam Ordnung in die Sache bringen. Du und ich, Nachum, waren immer durch Freundschaft und Kameradschaft verbunden, trotz unsrer beständigen Auseinandersetzungen über den zukünftigen Weg des Kibbuz. Und von nun an gibt es zwischen uns noch ein weiteres starkes Band. Das ist alles. Gar nichts ist passiert. Ich habe vor, die Idee mit den drei Jahren Arbeit vor dem Studium am Samstagabend bei der Vollversammlung vorzubringen. Du wirst mich bestimmt nicht unterstützen, aber in deinem Herzen weißt du genau, dass ich auch diesmal im Recht bin. Zumindest komm mir nicht in die Quere, wenn ich versuche, dafür in der Vollversammlung eine Mehrheit zu rekrutieren. Trink deinen Kaffee, er wird sonst nur kalt.«

Edna sagte: »Geh nicht. Warte, bis der Regen vorbei ist, Vater.«

Und dann sagte sie: »Mach dir keine Sorgen um mich. Ich habe es gut hier.«

Nachum zog es vor, darauf nicht zu antworten. Er ignorierte den Kaffee, den seine Tochter ihm gebracht hatte. Er bedauerte, hierhergekommen zu sein. Was wolltest du eigentlich? Die Liebe besiegen? Das Licht der Lampe spiegelte sich in seinen Brillengläsern und blendete ihn für einen Moment. Plötzlich kam ihm die Liebe wie eine weitere der Plagen des Lebens vor, angesichts deren man sich ducken muss und warten, bis sie aufhören zu wüten. Im nächsten Moment wird David Dagan sicherlich ein Gespräch über die Regierung beginnen oder über die Vorzüge des Regens. Eine ungewöhnliche Kühnheit, die das Leid in seltenen Fällen bei sanften Menschen aus ihrem tiefsten Inneren emportreiben kann, verlieh der heiseren Stimme Nachum Ascherows einen schrillen und bitteren Ton: »Aber wie ist das möglich?«

Er sprang von seinem Stuhl auf, zog unter seinem abgetragenen Mantel das Buch *Arabisch für Fortgeschrittene* hervor und wollte es mit solcher Wucht auf den Tisch knallen, dass die Kaffeelöffel in den Tassen klirren würden, doch im letzten Moment bremste er die Bewegung und legte das Buch so sanft auf die Wachstuchdecke, als wollte er ihm oder dem Tisch oder den

Tassen darauf nicht wehtun. Er tastete sich zur Tür. Als er sich im Gehen noch einmal umwandte, sah er seine Tochter dastehen, sie schaute ihm traurig nach, die Arme um ihre Schultern geschlungen, und er sah seinen guten Freund, der mit übereinandergeschlagenen Beinen dasaß, mit seinem sorgfältig gestutzten Schnauzbart, in dem sich schon graue Haare zeigten, seine kräftigen Hände umschlossen die Tasse, und auf seinem Gesicht zeigte sich eine Mischung aus Mitleid, Nachsicht und Ironie. Nachum stieß seinen Kopf nach vorn, als wollte er die Tür damit aufstoßen. Er schlug die Tür nicht hinter sich zu, sondern schloss sie ganz sachte, als fürchtete er, ihr oder dem Türrahmen wehzutun, er setzte die Schirmmütze auf und zog sie fast bis über die Augen, klappte den Mantelkragen hoch und ging den regennassen Weg hinunter, Richtung Kiefernhain. Seine Brillengläser waren sofort wieder nass vom Regen. Er schloss den obersten Mantelknopf und presste seinen linken Arm gegen seine Brust, als drückte er noch immer das Buch unter seinem Mantel ans Herz. Mittlerweile war es dunkel geworden.

Vater

Mosche Jaschar, ein sechzehnjähriger Junge, dünn, groß, traurig und bebrillt, wandte sich in der Zehnuhrpause an den Lehrer David Dagan und bat um die Erlaubnis, nach dem Unterricht und der Arbeit wegfahren zu dürfen, um seinen Vater zu besuchen. Er habe vor, bei Verwandten in Or Jehuda zu übernachten und am nächsten Morgen früh um halb fünf mit dem ersten Autobus in den Kibbuz zurückzukommen, noch vor Unterrichtsbeginn.

David Dagan legte die Hand auf die Schulter des Jungen und sagte in herzlichem Ton: »Diese Fahrten zu deinen Verwandten entfernen dich von uns. Du bist doch schon fast einer von uns.«

Mosche sagte: »Er ist mein Vater.«

David Dagan dachte kurz nach, nickte zweimal, als stimmte er sich selbst zu, und fragte: »Sag, hast du schon schwimmen gelernt?«

Der Junge antwortete, den Blick zu seinen Sandalen gesenkt, er könne schon etwas schwimmen.

Der Lehrer sagte: »Und hör auf, dir die Haare so kurz

schneiden zu lassen. Mit diesen Stoppeln auf dem Kopf siehst du aus wie ein Flüchtling. Es wird Zeit, dass du dir eine Haartolle wachsen lässt wie alle anderen Jungen.«

Nach einem kurzen Zögern fügte er freundlich hinzu: »Gut. Fahr. Unter der Bedingung, dass du morgen vor der ersten Unterrichtsstunde wieder da bist. Und vergiss dort nicht, dass du schon einer von uns bist.«

Mosche Jaschar besuchte als Externer die Kibbuzschule und wohnte auch bei uns im Schülerwohnheim. Eine Sozialarbeiterin hatte ihn zu uns gebracht. Seine Mutter war gestorben, als er sieben war, sein Vater war krank, und sein Onkel Sami in Givat Olga hatte sich bereit erklärt, für Mosche und seine Brüder zu sorgen. Nach einigen Jahren, als auch der Onkel erkrankte, entschied das Ministerium für Soziales, die Kinder auf ein paar Kibbuzschulen zu verteilen. Mosche kam zum Schuljahresbeginn in den Kibbuz Jikhat, sein weißes Hemd ohne Taschen war zugeknöpft bis obenhin, und ein schwarzes Barett bedeckte seinen Kopf. Er lernte schnell, wie wir anderen herumzulaufen, barfuß, in kurzen Hosen und mit einem Trägerhemd. Wir nahmen ihn in den Kunstkreis und in den Diskussionskreis zu aktuellen Problemen auf, und weil er groß und wendig war, fand er auch seinen Weg zum Basketballplatz.

Trotzdem blieb etwas Fremdes an ihm. Wenn wir nachts Streifzüge zum Vorratsmagazin unternahmen und uns mit Proviant für ein üppiges nächtliches Picknick versorgten, schloss er sich uns nie an. Wenn wir alle nach dem Unterricht und der Arbeit loszogen, um die Abendstunden bei unseren Eltern zu verbringen, blieb Mosche allein im Zimmer und vertiefte sich in die Hausaufgaben, oder er saß in einer Ecke des Clubraums und las mit herabgerutschter Brille die Zeitung, Seite für Seite, einen Artikel nach dem anderen. Und wenn wir nachts auf dem Rasen herumlungerten und im Sternenlicht Lieder voller Sehnsucht sangen, war er der Einzige, der nicht den Kopf auf den Schoß eines der Mädchen legte. Anfangs nannten wir ihn Fremdling und verspotteten ihn wegen seiner Schüchternheit, aber schon ein paar Wochen nach seiner Ankunft hörten wir auf, ihn wegen seiner Fremdartigkeit aufzuziehen, denn er war auf eine in sich ruhende Art anders. Wenn ihn jemand beleidigte, schaute Mosche Jaschar demjenigen direkt in die Augen, und manchmal stellte er mit ruhiger Stimme fest: »Du beleidigst mich.« Aber er war nicht nachtragend, er war immer bereit, allen bei irgendwelchen Arbeiten zu helfen und mitanzupacken, wenn irgendetwas befestigt oder transportiert werden musste. Er half auch denen, die sich über ihn lustig machten, wenn er darum gebeten wurde. Nach einigen Monaten verschwand sein Spitzname Fremdling, und die Mädchen begannen, ihn Moschik zu nennen. Er war Mädchen gegenüber von einer scheuen Zartheit, die im großen Gegensatz stand zu der ruppigen Ausgelassenheit, die wir ihnen gegenüber an den Tag legten. Mosche sprach mit ihnen, als wäre die bloße Tatsache, dass sie Mädchen waren, für ihn geradezu ein Wunder.

Der Unterricht begann morgens um sieben und dauerte bis eins. Danach aßen wir im Speisesaal der Kibbuzschule zu Mittag und machten uns dann von zwei bis vier in den verschiedenen Bereichen an unsere Arbeit. Mosche arbeitete im Hühnerstall, und er bat nie darum, von einem Bereich in den anderen zu wechseln, wie es die meisten von uns taten. Sehr schnell lernte er, das Futter in die Rinnen zu streuen, die Eier von den Brettern entlang der Käfigreihen einzusammeln und sie in die Kartons zu ordnen, das Thermostat im Brutstall einzustellen, die Küken zu versorgen und sie mit einer Spritze zu impfen. Die altgedienten Arbeiter im Hühnerstall, Schraga Szczupak und Zeschka Honig, waren sehr zufrieden mit ihm. Er war ein flinker, fleißiger Arbeiter, schweigsam und gewissenhaft, niemals zerbrach er ein

Ei, niemals vergaß er, frisches Streu in den Kükenställen zu verteilen, niemals kam er zu spät zur Arbeit, und er hatte auch keine Fehlstunden wegen Krankheit oder aus irgendeinem anderen Grund.

David Dagan informierte Rivka Rikover, die Lehrerin: »Ich habe ihm erlaubt, seine Familie zu besuchen, ab heute nach seiner Arbeitsschicht bis morgen früh vor Unterrichtsbeginn. Obwohl ich mit dieser Fahrt nicht einverstanden bin.«

Rivka erwiderte: »Man muss ihn dabei unterstützen, sich von ihnen zu lösen. Die Leute dort ziehen ihn zurück.«

David sagte: »Als wir ins Land kamen, ließen wir unsere Eltern einfach hinter uns. Wir schnitten ins lebendige Fleisch, und das war's.«

Rivka bemerkte: »Dieser Junge ist vorzügliches menschliches Material: ruhig, fleißig, kameradschaftlich.«

David sagte: »Ich habe überhaupt eine sehr optimistische Einstellung, was die Sepharden betrifft. Wir müssen viel in sie investieren, aber die Investition wird sich auszahlen. In ein, zwei Generationen werden sie genauso sein wie wir.«

Nachdem David Dagan ihm erlaubt hatte, zu fahren,

lief Mosche schnell in sein Zimmer, das er mit Tamir und mit Dror teilte, und am Ende der Zehnuhrpause hatte er seine kleine Umhängetasche schon gepackt. Er hatte Unterwäsche hineingelegt, Strümpfe, ein Hemd, Zahnbürste, Zahnpasta, *Die Pest* von Camus und auch sein altes schwarzes Barett, das er in seinem Schrankfach, links unter dem von Tamir, unter seinem Wäschestapel versteckt hatte.

Nach der Pause betrat David Dagan die Klasse und unterrichtete Geschichte. Er hielt einen Vortrag über die Französische Revolution und widmete sich dabei insbesondere der Marx'schen Sicht dieser Revolution, nach der sie ein Zeichen für Kommendes gewesen war, eine frühe Stufe der zwangsläufigen und unaufhaltsamen historischen Entwicklung hin zur klassenlosen Gesellschaft. Gideon, Lilach und Carmela meldeten sich und stellten David Dagan Fragen, die er ausführlich und wortgewaltig beantwortete. »Gebt mir nur einen Moment«, sagte er, »und lasst uns gemeinsam Ordnung in die Sache bringen.«

Mosche putzte seine Brillengläser und schrieb alles mit, denn er war ein fleißiger Schüler, doch er stellte keine Fragen. Einige Wochen zuvor hatte er in der Bibliothek ein wenig im *Kapital* gelesen, und es hatte ihn nicht angesprochen. Es war ihm so vorgekommen, als könnte hinter jedem Satz ein Ausrufezeichen stehen, und diese vielen Ausrufezeichen hatten ihn abgestoßen. Für Marx, so verstand es Mosche, waren die Gesetze, die die ökonomischen, gesellschaftlichen und historischen Entwicklungen bestimmten, ebenso eindeutig und unerschütterlich wie Naturgesetze. Mosche hingegen empfand sogar der Unerschütterlichkeit von Naturgesetzen gegenüber einen gewissen Vorbehalt.

Als Lilach sagte, dass der Fortschritt Opfer rechtfertige und sogar erfordere, gab der Lehrer ihr recht und fügte hinzu, die Geschichte sei keine Gartenparty. Mosche verabscheute jedwedes Blutvergießen und ein wenig auch Gartenpartys. Nicht dass er je auf einer gewesen wäre, aber er sagte sich, dass er eigentlich auch zu keiner hätte gehen wollen. Er verbrachte seine freien Stunden damit, allein in der Bibliothek zu sitzen und zu lesen, während seine Mitschüler diese Zeit bei ihren Eltern verbrachten. Unter anderem las er einen ins Hebräische übersetzten Roman von David Howarth, *We die alone*. Das, was er las, ließ ihn mehr und mehr zu der Schlussfolgerung gelangen, dass die meisten Menschen mehr Zuneigung brauchten, als zu finden war. Solche Überlegungen beschäftigten ihn während der Stunde über die Französische Revolution. Nach der Pause hatten wir noch eine Stunde Geometrie und eine Stunde Theorie des Ackerbaus, danach stürmten wir alle in unsere Zimmer, um unsere Arbeitskleidung anzuziehen, bevor wir in den Speisesaal rasten.

Zum Mittagessen gab es Spinatfrikadellen mit Kartoffelpüree, Essiggurken und Karottengemüse. Weil wir hungrig waren, verschlangen wir dazu auch Brot und baten um einen Nachschlag Kartoffelpüree. Auf jedem Tisch stand ein großer Blechkrug mit kaltem Wasser, und wegen der Hitze tranken wir jeder zwei, drei Gläser. Fliegen summten um unsere Köpfe, und über uns an der Decke des Speisesaals drehten sich die großen, staubbedeckten Ventilatoren. Zum Nachtisch gab es Kompott. Dann räumten wir das Geschirr von den Tischen und stellten es auf die Durchreiche zur Spülküche. Anschließend ging jeder von uns zu seinem Arbeitsplatz, Tamir in die Werkstatt, Dror aufs Viehfutterfeld, Carmela ins Babyhaus und Lilach in die Wäscherei.

Mosche überquerte in seiner staubigen Arbeitskleidung und mit den nach Hühnermist stinkenden Stiefeln die Zypressenallee und lief an zwei leerstehenden Baracken und an einem Wellblechschuppen vorbei zum großen Hühnerstall. Schon von weitem roch er den Stall:

den Gestank von Hühnerkot, Körnerstaub, Federn und stickiger Enge. Zeschka Honig, die Hühnerstallarbeiterin, wartete schon auf ihn. Sie saß auf einem kleinen Hocker und sortierte Eier nach Gewichtsklassen in Kartons, Klasse A und Klasse B. Mosche erkundigte sich, wie es Zeschka ging, und dann erzählte er ihr, dass er heute sofort nach der Arbeit den Vier-Uhr-Bus nehmen würde, um seinen Vater besuchen zu fahren. Zeschka erwiderte, dass sie sich seinerzeit einfach eines Morgens auf den Weg gemacht und von zu Hause geflohen war, um ins Land Israel einzuwandern und sich dem Kibbuz anzuschließen, deshalb hatte sie sich eigentlich nie wirklich von ihren Eltern verabschiedet. Die Nazis hatten sie in Litauen ermordet. »Wo ist sie, deine Familie?«, fragte Zeschka. »Leben sie in einem dieser Durchgangslager?«

Mosche antwortete leise und ruhig, wie immer, wenn ihn jemand etwas fragte, dass seine Mutter gestorben sei und sein Vater krank, auch sein Onkel, deshalb würden er und seine Brüder in verschiedenen Kibbuzim aufgezogen. Während sie sich unterhielten, stellte er die Schubkarre unter die große Kippe des Hühnerfuttertanks und ließ sie bis an den Rand vollaufen. Er schob die Karre dann über den Betonweg zwischen zwei Käfigreihen und fing an, die Futterrinnen aufzufüllen. Unter den mit Hühnern vollgestopften Käfigen türmte sich Geflügelmist. Da und dort entdeckte er ein totes Huhn, zog es heraus und legte es sanft hinter sich auf den Betonboden. Nach dem Verteilen des Futters würde er noch einmal alle Reihen abgehen und die toten Hühner einsammeln. Ein dumpfes Rauschen erfüllte den Stall, als würden die Hühner, die immer zu zweit in einen engen Käfig gesperrt waren, leise, verloren und hartnäckig ein Klagelied vor sich hin singen. Nur manchmal brach aus einem Käfig ein schriller, lauter Angstschrei, als spürte eines der Hühner plötzlich, wie das alles enden würde. Und dabei war doch nie ein Huhn genau wie das andere und würde es auch nie sein. Für uns sehen sie alle gleich aus, doch in Wirklichkeit unterscheiden sie sich, genauso wie jeder Mensch sich vom anderen unterscheidet, seit der Erschaffung der Welt wurden noch nie zwei sich vollkommen gleichende Geschöpfe geboren. Insgeheim hatte Mosche bereits beschlossen, eines Tages Vegetarier zu werden, vielleicht sogar Rohköstler, doch er schob die Verwirklichung dieser Entscheidung hinaus, denn das wäre innerhalb der Gemeinschaft der Kibbuzjugend kein Leichtes. Auch schon ohne Vegetarier zu sein, musste er sich hier Tag und Nacht anstrengen, nicht allzu anders zu erscheinen. Sich beherrschen. Tun als ob. Er dachte an die Grausamkeit, die mit dem Verzehr von Fleisch verbunden war, dachte an das Schicksal dieser Hühner, die dazu verdammt waren, ihr Leben hinter Gitterstäben in engen Eisenkäfigen hinzubringen, immer zu zweit zusammengepfercht, ohne dass sie je auch nur einen Schritt tun konnten, ihr ganzes Leben lang. Eines Tages, dachte Mosche, wird es auf der Welt eine Generation von Menschen geben, die uns zu Mördern erklären werden, sie werden nicht begreifen, wie wir das Fleisch von Mitgeschöpfen essen konnten, wie wir sie der Berührung der Erde und des Duftes des Grases berauben konnten, sie in automatischen Brutkästen ausbrüteten und in engen Käfigen aufzogen, sie bis zum Erbrechen mästeten, ihnen alle Eier vor dem Brüten raubten und ihnen am Ende die Kehle durchschnitten, die Federn ausrupften und die Gliedmaßen abrissen, nur um uns selbst zu mästen und uns genüsslich das Fett von den Lippen zu lecken. Schon seit einigen Monaten spielte Mosche mit dem Gedanken, einen der Käfige zu öffnen und heimlich ein Huhn herauszuholen, nur eines, und es unter seinem Hemd an den wachsamen Augen Zeschkas und Schragas vorbei hinauszuschmuggeln und es außerhalb des Kibbuz freizulassen. Aber was sollte ein sich selbst überlassenes Huhn auf den Feldern anfangen? In der Nacht würden die Schakale kommen und es in Stücke reißen.

Auf einmal erfüllte ihn Ekel vor sich selbst, so wie oft und aus den verschiedensten Gründen. Und danach empfand er Ekel vor seinem Ekel und verspottete sich selbst als Schöngeist, ein Ausdruck, den der Lehrer David Dagan manchmal für diejenigen benutzte, die vor der unvermeidlichen Grausamkeit der Revolution zurückschreckten. Mosche achtete David Dagan, der ein Mann mit Prinzipien und festen Standpunkten war und ihn und alle anderen Schüler unter seine väterlichen Fittiche nahm. David Dagan war es gewesen, der ihn hier im Kibbuz Jikhat freundlich aufgenommen und mit sanftem Nachdruck dazu gebracht hatte, sich schnell zu integrieren und Teil der Gemeinschaft zu werden. Ihm verdankte er, dass er am Kunstkreis und am Diskussionskreis zu aktuellen Problemen teilnehmen konnte, und David Dagan war es auch gewesen, der ihn mit Vehemenz vor dem Spott in Schutz genommen hatte, der ihm in den ersten Wochen entgegengeschlagen war. Mosche wusste wie alle anderen im Kibbuz Jikhat, dass David jetzt mit einem sehr jungen Mädchen zusammenlebte, mit Edna Ascherow, der Tochter von

Nachum, dem Elektriker. In Davids Leben hatte es viele Frauen gegeben. Mosche wunderte sich darüber, doch er sagte sich, David Dagan sei eben kein gewöhnlicher Mensch wie wir alle, sondern ein Freigeist. Er verurteilte David nicht, zum einen, weil er es nicht mochte, andere Menschen zu verurteilen, und zum anderen, weil er seinem Lehrer dankbar war. Dennoch war in ihm eine verhaltene Verwunderung. Mehr als einmal versetzte er sich in Gedanken an David Dagans Stelle, aber es wollte ihm einfach nicht gelingen, die herrische Lässigkeit des Lehrers Frauen und jungen Mädchen gegenüber nachzuempfinden. Keine gesellschaftliche Revolution ist gerecht, dachte er. Auch die gewaltsame, endgültige Revolution, von der David gesprochen hatte, würde nicht Gleichheit schaffen können zwischen Menschen wie David, dem die Mädchen ohne jede Bemühung seinerseits nachliefen, und jemandem wie ihm selbst, der nicht einmal wagte, an so etwas auch nur zu denken.

Mosche Jaschar träumte manchmal von dem in sich gekehrten Lächeln eines Mädchens aus seiner Klasse, Carmela Nevo, von ihren Fingern, die der Flöte herzergreifende traurige Melodien entlockten, aber nie würde er es wagen, sich ihr zu nähern, nicht mit Worten und fast nicht mit Blicken. Sie saß in der Klasse zwei

Reihen vor ihm, und wenn sie sich über ihr Heft beugte, konnte er von weitem ihren schmalen Nacken und den zarten Flaum am Haaransatz sehen. Einmal hatte Carmela zwischen einer Lampe und der Wand gestanden und sich mit einem anderen Mädchen unterhalten, und er hatte im Vorübergehen mit den Fingerspitzen ihren Schatten gestreichelt. Danach hatte er die halbe Nacht wach gelegen und nicht einschlafen können.

Zeschka sagte: »Wenn du das Thermometer im Brutstall und das Wasser in der Tränke kontrolliert, die Küken gefüttert und alle Eierkartons in den Kühlschrank geräumt hast, kannst du gehen. Ich werde den Tagesbericht für dich ausfüllen. Ich gebe dir heute eine Viertelstunde eher frei, damit du noch duschen und dich umziehen kannst, bevor du den Vier-Uhr-Bus nimmst.«

Mosche sammelte die toten Hühner zwischen den Käfigreihen auf, legte sie draußen in die Tonne zum Verbrennen und bedankte sich bei Zeschka. Er fügte hinzu: »Dafür bleibe ich morgen Nachmittag eine Viertelstunde länger.«

Zeschka sagte: »Hauptsache, du zeigst ihnen dort, dass du schon ein richtiger Kibbuznik bist.«

In der Dusche wusch er sich sorgfältig mit Seife und kaltem Wasser den Hühnerstallgeruch vom Körper, trocknete sich ab und zog eine gebügelte lange Hose an, dazu sein weißes Schabbathemd, dessen Ärmel er bis zu den Ellenbogen hochkrempelte. Vom Duschraum lief er in sein Zimmer, nahm seine Umhängetasche, die er in der Zehnuhrpause gepackt hatte, und rannte los, quer über den Rasen und vorbei an den Blumenbeeten. Zvi Provisor, der Gärtner, kniete in einem der Beete und entfernte Unkraut. Er hob den Kopf und fragte Mosche, wohin er fahre. Mosche wollte eigentlich antworten, dass er vorhabe, seinen Vater im Krankenhaus zu besuchen, doch stattdessen sagte er nur: »In die Stadt.«

Zvi Provisor fragte: »Warum? Was gibt es dort, was es hier nicht gibt?«

Mosche schwieg, aber in Gedanken antwortete er: Fremde Menschen.

Als er am zentralen Busbahnhof aus dem Bus vom Kibbuz Jikhat in den Bus zum Krankenhaus umstieg, wählte Mosche einen Platz auf der letzten Bank. Er zog das verschlissene schwarze Barett aus der Tasche und setzte es so auf, dass es seine Stirn halb verdeckte. Er knöpfte das Hemd bis zum Kragen zu und rollte die hochgekrempelten Ärmel wieder bis zu den Handgelenken herunter. Nun sah er fast wieder so aus wie an jenem Tag, als ihn die Sozialarbeiterin in den Kibbuz Jikhat gebracht hatte. Er trug zwar noch die Sandalen, die man ihm im Kibbuz gegeben hatte, aber er war sich sicher, dass sein Vater das nicht bemerken würde. Es gab nur noch wenige Dinge, die sein Vater bemerkte. Der Autobus fuhr durch die schmalen Straßen um den Busbahnhof, und durch die offenen Fenster drang der Geruch von Bratfett und von Benzin herein. Mosche dachte an die Mädchen in seiner Klasse im Kibbuz, die angefangen hatten, ihn Moschik zu nennen. Trotz der Spötteleien, denen er in den ersten Wochen nach seiner Ankunft ausgesetzt gewesen war, empfand Mosche die Gemeinschaft der Jugendlichen im Kibbuz als wohltuend. Er liebte es, in einer Schule zu lernen, in der man im Sommer barfuß erscheinen und mit den Lehrern über alles frei und ungezwungen diskutieren durfte. Er liebte den Basketballplatz, er liebte auch die abendlichen Treffen des Kunstkreises und des Diskussionskreises zu aktuellen Problemen. Dort wurden Angelegenheiten verhandelt, die der Realität der Erwachsenen angehörten, und diese schien ihm im Allgemeinen aus zwei Lagern zu bestehen, auf der einen Seite die Anhänger des Fortschritts, auf der anderen Seite jene, die der alten Welt verhaftet waren. Mosche wusste, dass er noch immer ein wenig der alten Welt angehörte, denn er konnte die fortschrittlichen Ideen nicht immer akzeptieren, doch er diskutierte nicht mit, er hörte nur zu und nahm alle Argumente aufmerksam zur Kenntnis. In seiner freien Zeit las er Dostojewski, Camus und Kafka. In diesen Büchern fand er etwas Rätselhaftes, das ihn im Innersten ansprach. Ungelöstes zog ihn stärker an als Lösungsformeln. Aber er sagte sich, dass dies vielleicht noch immer dem Eingewöhnungsprozess geschuldet sei, in ein paar Monaten würde er bereits gelernt haben, die Welt so zu sehen, wie David Dagan und die anderen Lehrer wollten, dass er sie sah. Wie gut war es doch, einer von ihnen zu sein. Mosche beneidete die Jungen, die ihre Köpfe so unbeschwert auf den Schoß der Mädchen legten, wenn sie gegen Abend auf dem großen Rasen herumlungerten und Arbeiter- oder Heimatlieder sangen. Bis zum Alter von zwölf Jahren hatten die Jungen und die Mädchen gemeinsam nackt geduscht. Ein Schauer der Begeisterung und der Angst war ihm über den Rücken gelaufen, als er das erzählt bekommen hatte. Tag für Tag hatten Tamir und Dror und die anderen Jungen Carmela Nevo nackt gesehen, und bestimmt hatten sie ungerührt auf das reagiert, was sie sahen, während er sogar bei dem bloßen Gedanken an ihren Nacken und den flaumigen Haaransatz vor Sehnsucht und Scheu anfing zu zittern. Würde er wirklich eines Tages einmal so sein wie die anderen Jungen? Diesen Tag sehnte er herbei, doch zugleich hatte er Angst, denn tief unter allem, was er wusste, war auch das Wissen, dass dieser Tag niemals kommen würde.

Der Autobus hatte Tel Aviv hinter sich gelassen, er holperte von einem Vorort zum nächsten, hielt an jeder Haltestelle, ließ Fahrgäste aus- und einsteigen, Menschen, die Rumänisch, Arabisch, Jiddisch und Ungarisch sprachen und denen man ihre Armut ansah. Einige waren schwer beladen, sie stiegen mit lebenden Hühnern in den Bus, mit großen, in zerschlissene Decken gewickelten Bündeln oder alten, mit Schnüren umwickelten Koffern. Manchmal kam es zu lautstarkem Gedränge. Dann brüllte der Busfahrer die Fahrgäste an, und diese fluchten zurück. Einmal hielt der Fahrer kurz am Straßenrand an, stieg aus und pinkelte ins Feld. Als er nach dieser Unterbrechung wieder den Motor startete, stob eine Dieselgestankwolke durch den Bus. Die Luft war heiß und feucht, alle im Bus waren schweißüberströmt. Die Fahrt dauerte lange, länger als die Fahrt vom Kibbuz Jikhat nach Tel Aviv, weil der Bus kreuz und quer durch alle Vororte und Wohnsiedlungen und Durchgangslager kurvte. Zwischen einer Wohnsiedlung und der nächsten säumten Orangenplantagen und mit Dornengestrüpp bedeckte Felder die Straße. Staubige Zypressen oder Eukalyptusbäume, deren Stämme sich schälten, standen am Straßenrand. Das Tageslicht ließ bereits nach, als sich Mosche von seinem Platz auf der letzten Bank erhob und an der Halteschnur zog. Er schlängelte sich durch die anderen Fahrgäste zur Tür und stieg an der Abzweigung aus, von der aus ein Sandweg zum Krankenhaus führte.

Beim Aussteigen sah Mosche einen kleinen Hund, einen braun-grauen Mischling mit weißen Flecken auf dem Kopf. Der Hund rannte aus dem Gebüsch zur Straße und wollte sie gerade überqueren, als sich der Bus wieder in Bewegung setzte. Das Vorderrad verfehlte ihn, aber das Hinterrad erfasste und zerquetschte das Geschöpf so schnell, das es nicht einmal mehr aufheulen konnte. Nur ein leichter Aufprall und ein reibendes Geräusch waren zu hören. Der Autobus setzte seine Fahrt fort. Auf dem rissigen Asphalt lag der kleine Hund, der ganze Körper zuckte krampfhaft, der Kopf hob sich wieder und wieder und schlug jedes Mal auf den harten Asphalt zurück, die Beine traten in die Luft, und Blut schoss aus seinem aufgerissenen Maul, das kleine, weiße Zähne entblößte. Ein anderer Blutstrahl sprühte aus seinem Hinterteil. Mosche kniete sich sofort neben ihn auf die Straße, hielt den Kopf des Hundes, bis er aufhörte zu zucken und seine Augen glasig wurden. Mosche erhob sich, nahm den kleinen toten Hund, der noch warm war, auf den Arm und legte ihn, damit kein weiteres Auto ihn überfahren könnte, unter einen weiß gekalkten Eukalyptusbaum neben der Abzweigung des Sandweges. Seine Hände reinigte er mit Sand, die Blutflecken auf seiner Hose und seinem weißen Schabbathemd aber konnte er nicht entfernen. Er wusste, dass sein Vater es nicht bemerken würde. Es gab nur noch sehr wenige Dinge, die sein Vater bemerkte. Mosche blieb einen Moment stehen, zog sein Taschentuch heraus und trocknete seine Brillengläser, er zögerte kurz, aber weil es schon spät war, wandte er sich um und beschleunigte seine Schritte, sodass er den Sandweg beinahe entlangrannte.

Das Krankenhaus lag etwa zwanzig Minuten Fußweg von der Straße entfernt und war von einer hohen Mauer aus unverputzten Blocksteinen umgeben, über die Stacheldrahtrollen gezogen waren. Als er dort ankam, war das Blut auf seiner Kleidung getrocknet und zu rostfarbenen Flecken geworden.

Am Tor stand ein dicker, verschwitzter Wachmann mit einer Kippa auf dem Kopf und versperrte mit seinem schweren Körper den Eingang. Er sagte zu Mosche: »Die Besuchszeit ist längst vorbei. Geh und komm morgen wieder.« Mosche, der noch immer Tränen wegen des toten Hundes in den Augen hatte, versuchte zu erklären, dass er extra aus dem Kibbuz Jikhat gekommen sei, um seinen Vater zu besuchen, und dass er morgen früh um sieben zu Unterrichtsbeginn schon wieder zurück sein müsse. Der dicke Wachmann war in scherzhafter Stimmung, er deutete auf Mosches schwarzes Barett und fragte: »Schändet man im Kibbuz nicht den Schabbat und isst unreine Tiere und Aas?« Mosche versuchte etwas zu sagen, aber die Tränen erstickten seine Worte. Der Wachmann wurde milder und sagte: »Wein nicht, Junge, geh hinein, es macht nichts, geh ruhig hinein, aber beim nächsten Mal kommst du zwischen vier und fünf und nicht erst am Abend. Und bleib nicht länger als eine halbe Stunde.« Mosche bedankte sich, und aus irgendeinem Grund wollte er dem Wachmann die Hand geben. Dieser ergriff die ausgestreckte Hand nicht, tippte aber zweimal auf Mosches schwarzes Barett und sagte: »Aber dass du ja nicht den Schabbat schändest.«

Mosche lief durch den kleinen, verwahrlosten Garten, in dem zwei Bänke standen, von denen die Farbe abblätterte, und trat durch die vergitterte Tür, die sich vor ihm öffnete, nachdem er auf eine heisere Klingel gedrückt hatte. In der Eingangshalle standen an den bis zur halben Höhe mit khakifarbener Ölfarbe gestrichenen Wänden Metallstühle, auf denen etwa zehn Männer und Frauen saßen. Alle trugen gestreifte Morgenmäntel und flache Hausschuhe. Einige unterhielten sich leise miteinander. Der Aufseher, ein kräftiger, breitschultriger Mann in grellbunt geblümtem Hemd, Militärhose und Militärstiefeln, stand in einer Ecke und kaute Kaugummi. Eine nicht mehr junge Frau saß da und strickte eifrig, ohne Nadeln oder Wolle in den Händen zu haben. Ihre Lippen bewegten sich lautlos. Ein sehr dünner, großer, vornübergeneigter Mann stand mit dem Rücken zum Raum, hielt sich an den Gitterstäben vor dem Fenster fest und sprach zu der immer dunkler werdenden Welt draußen. Eine alte Frau saß ganz allein direkt neben dem Eingang, nuckelte an ihrem Daumen und flehte leise vor sich hin.

Der Vater war draußen auf der Veranda, die vom Boden bis zur Decke mit einem Eisengitter gesichert war. Er saß auf einem grauen Metallstuhl neben einem kleinen grauen Metalltisch, vor ihm stand kalt gewordener Tee in einer Blechtasse.

Mosche setzte sich auf einen Metallstuhl neben ihm und sagte: »Guten Tag, Vater.« Er saß etwas vornübergeneigt, damit sein Vater die Blutflecken auf seinem Hemd nicht bemerkte.

Der Vater beantwortete den Gruß, ohne seinen Sohn anzuschauen.

»Ich bin gekommen, um dich zu sehen.«

Der Vater nickte und schwieg.

»Ich bin mit dem Bus gekommen.«

Der Vater fragte: »Wohin ist er gegangen?«

»Wer?«

»Mosche.«

»Ich bin Mosche.«

»Du bist Mosche.«

»Ich bin Mosche. Ich bin gekommen, um dich zu besuchen.«

»Du bist Mosche.«

»Wie geht es dir, Vater?«

Der Vater fragte wieder, besorgt und tieftraurig, mit vor Kummer zitternder Stimme: »Wohin ist er gegangen? Wohin?«

Mosche umfasste die faltige, von dicken Adern

durchzogene Hand des Vaters, eine Hand, die rau und schwielig geworden war bei den Arbeitsbeschaffungsmaßnahmen im Straßenbau, und sagte: »Ich bin vom Kibbuz hergekommen, Vater. Ich bin vom Kibbuz Jikhat gekommen. Um dich zu besuchen. Bei mir ist alles in Ordnung. Alles ist sehr gut.«

»Du bist Mosche.«

Mosche begann seinem Vater von der Schule zu erzählen. Von David Dagan, dem Lehrer. Von der Bibliothek. Von der Arbeit im Hühnerstall. Von den Mädchen, die schöne Lieder voller Sehnsucht sangen. Dann zog er das grün eingebundene Buch *Die Pest* aus seiner Umhängetasche und las seinem Vater die beiden ersten Absätze vor. Der Vater hörte aufmerksam zu, mit halb geschlossenen Augen, den Kopf, der mit einer kleinen Kippa bedeckt war, etwas vornübergeneigt, und plötzlich ergriff er die Blechtasse, betrachtete den kalt gewordenen Tee, nickte bekümmert, stellte die Tasse wieder auf den Tisch und fragte: »Wohin ist er gegangen?«

Mosche sagte: »Ich gehe in die Küche und hole dir frischen Tee. Warmen.«

Der Vater strich sich mit der Hand über die Stirn, als wäre er gerade aus einem tiefen Schlaf erwacht, und sagte traurig: »Du bist Mosche.«

Mosche hielt die Hand seines Vaters, er umarmte ihn nicht, sondern drückte nur wieder und wieder die braune, schlaffe Hand. Er sprach weiter, er erzählte seinem Vater vom Basketballplatz, von den Büchern, die er gelesen hatte, vom Kunstkreis und vom Diskussionskreis zu aktuellen Problemen, von seinen Gesprächsbeiträgen, von Kafkas Josef K., von David Dagan, der schon einige Frauen und etliche Geliebte gehabt habe und jetzt mit einem siebzehnjährigen Mädchen zusammenlebe, doch seine Aufmerksamkeit gelte immer allen seinen Schülern, David Dagan sei es auch gewesen, der ihn vor dem anfänglichen Spott in Schutz genommen habe. Dieser Lehrer David Dagan habe die Angewohnheit, sich an seine Zuhörer zu wenden und zu sagen: Gebt mir nur einen Moment, und lasst uns gemeinsam Ordnung in die Sache bringen. Etwa zehn Minuten lang sprach Mosche auf seinen Vater ein. Der Vater schloss die Augen, dann machte er sie wieder auf und sagte bekümmert: »Gut. Jetzt geh. Du bist Mosche?«

Mosche sagte: »Ja, Vater.«

Und danach fügte er hinzu: »Mach dir keine Sorgen, Vater. In zwei Wochen besuche ich dich wieder. Sie erlauben mir zu fahren. David Dagan erlaubt es mir.«

Der Vater nickte und senkte das Kinn auf die Brust, als würde er trauern.

Mosche sagte: »Schalom, Vater.«

Und dann sagte er: »Auf Wiedersehen. Mach dir keine Sorgen.«

An der Tür drehte er sich noch ein letztes Mal zu seinem Vater um, dieser saß regungslos da und starrte die Blechtasse an. Beim Hinausgehen fragte Mosche den Aufseher in der Militärhose: »Wie geht es ihm?«

Der Aufseher sagte: »Er ist in Ordnung. Ruhig. Ich wünschte, alle wären wie er.«

Und dann sagte er noch: »Du bist ein guter Sohn. Gesund sollst du sein.«

Draußen war es schon fast dunkel. Plötzlich erfüllte Mosche Ekel vor sich selbst, wie so oft. Er nahm das schwarze Barett vom Kopf und stopfte es in die Umhängetasche. Die Ärmel seines Hemdes krempelte er wieder bis zu den Ellenbogen hoch und öffnete den Kragenknopf. In dem kleinen Garten vor dem Krankenhaus wuchsen nur Dornengestrüpp und Unkraut. Auf einer Bank lag ein Geschirrtuch, und im Dornengestrüpp hing der Gürtel eines Morgenmantels. Mosche fielen diese Dinge auf, weil es immer die Einzelheiten waren, die seine Aufmerksamkeit auf sich zogen. Er dachte an Zeschka Honig aus dem Hühnerstall, die ihm beigebracht hatte, auf kranke Hühner zu achten, sie herauszunehmen und zu isolieren, bevor sie den ganzen Hühnerstall anstecken konnten. Und er dachte an die Jungen aus seiner Klasse, die jetzt auf dem Rasen lagen, jeder den Kopf auf dem Schoß eines Mädchens, und alle gemeinsam sangen sie herzzerreißende Lieder. Er dachte auch daran, dass irgendeiner der Jungen, Tamir oder Dror oder Gideon oder Arnon, jetzt seinen hellen Kopf auf Carmela Nevos Schoß gelegt hatte und die Wärme ihrer Brust dessen Wange umhüllte. Er hätte alles darum gegeben, in diesem Moment dort zu sein. Um jetzt und ein für alle Mal einer von ihnen zu sein. Und dennoch wusste er, dass es niemals so sein würde. Er ging an dem zu Scherzen aufgelegten Wachmann vorbei, der neben dem Tor stand und verwundert zu ihm sagte: »Was ist das, du bist mit einer Kopfbedeckung hineingegangen und kommst ohne wieder heraus?«

Mosche sagte nur gute Nacht und lief den Sandweg entlang, der vom Krankenhaus zur Straße führte. Als er sie erreichte, war es dunkel. Kein Auto fuhr vorbei. In der Ferne funkelten kleine Lichter. Von dort drangen Hundegebell und das Blöken eines Esels herüber, auch der gedämpfte Klang von Kinderstimmen. Er setzte sich im Schneidersitz auf den sandigen Boden unter dem weiß gekalkten Eukalyptusbaum, ganz nahe der Stelle, wo er den überfahrenen Hund hingelegt hatte, und wartete. Er wartete lange. Ihm schien, als hörte er aus der Richtung des Krankenhauses abgerissenes Schluchzen, aber er war sich nicht sicher. Regungslos saß er da und lauschte.

Ein kleiner Junge

Lea, seine Frau, war für zehn Tage zu einer Fortbildung für Erzieherinnen im Seminar der Kibbuzbewegung gefahren. Roni Schindlin freute sich, ein paar Tage ohne sie zu sein. Nach der Arbeit in der Schlosserei duschte er, und um vier Uhr nachmittags holte er seinen fünfjährigen Sohn Juval im Kinderhaus ab. Er nahm die kleine Hand in seine und ging zwischen einem Regenschauer und dem nächsten mit dem Jungen im Kibbuz spazieren. Der Kleine trug grüne Gummistiefel und eine Flanellhose, einen Pullover und eine Jacke. Roni setzte Juval die Mütze auf und band deren Bänder mit einer Schleife unter dem Kinn zusammen, weil die Ohren seines Sohnes empfindlich gegen Kälte waren. Dann nahm er den Jungen auf die Schultern und ging mit ihm zu den Kühen und den Schafen. Juval fürchtete sich etwas vor den Kühen, die im nassen Dung standen und von Zeit zu Zeit ein tiefes, dumpfes Muhen hören ließen.

Sein Vater sprach ihm vor: »Jonathan versorgt die Kuh, er gibt ihr Heu und schaut ihr zu, die Kuh macht immerzu nur muh, und für das Kalb ist Heu ganz neu.«

Juval fragte: »Warum brüllt die Kuh?«

Roni erklärte: »Eine Kuh brüllt nicht, sie macht muh, der Löwe brüllt.«

»Warum brüllt der Löwe?«

»Er ruft seine Freunde.«

»Seine Freunde ärgern ihn.«

»Seine Freunde spielen mit ihm.«

»Sie ärgern ihn.«

Juval war klein für sein Alter, langsam und ängstlich. Er war oft krank, er hatte fast jede Woche einmal Durchfall und jeden Winter Mittelohrentzündung. Die anderen Kinder drangsalierten ihn oft. Die meiste Zeit des Tages saß er allein auf einer Matte in einer Ecke des Kindergartens, den Daumen im Mund, mit dem Rücken zum Zimmer und dem Gesicht zur Wand, er spielte allein mit den Holzbausteinen oder mit seiner Gummiente, die quietschte, wenn man sie drückte. Er konnte sich lange damit beschäftigen, die Ente wieder und wieder zu drücken, die dann jedes Mal ein trauriges Quietschen von sich gab. Diese Ente begleitete ihn, seit er ein Jahr alt war. Die anderen Kinder nannten ihn Juval-Rotznase und zogen ihn hinter dem Rücken der Erzieherin an den Haaren. Immer wieder weinte er leise und lange, und Rotz lief ihm aus der Nase über den

Mund und das Kinn. Auch die Erzieherinnen mochten ihn nicht besonders, weil er sich nicht gegen seine Angreifer wehrte, weil er nicht gesellig war und so viel weinte. Am Frühstückstisch pickte er nur am Essen und ließ fast den ganzen Brei stehen. Wenn man mit ihm schimpfte, fing er an zu weinen. Wenn man ihm gut zuredete, zog er sich zusammen und schwieg. Er war schon fünf und machte noch jede Nacht ins Bett, und die Erzieherinnen waren gezwungen, eine Gummimatte unter sein Laken zu legen. Jeden Morgen stand er mit durchnässter Schlafanzughose auf, und die anderen Kinder verspotteten ihn. Er saß barfuß in seiner nassen Schlafanzughose auf dem nassen Bett, den Daumen im Mund, und weinte leise, statt sich anzuziehen, und der Rotz mischte sich mit seinen Tränen und verschmierte seine Wangen, bis die Erzieherin kam und ihn schimpfte: »Also wirklich, zieh dich endlich an, Juval, putz dir die Nase, hör auf zu heulen, du bist doch kein Baby mehr.«

Der Kleinkinderausschuss wies seine Mutter an, strenger mit ihm zu sein, um ihm die Verzärtelung abzugewöhnen. Deshalb achtete Lea nachmittags, wenn er sich in der Wohnung seiner Eltern aufhielt, eisern darauf, dass er aufrecht am Tisch saß und alles aufaß, was auf den Teller kam, und sie verbot ihm, am Daumen zu lutschen. Wenn er weinte, bestrafte sie ihn wegen seiner Weinerlichkeit. Sie war gegen Umarmungen und Küsse und glaubte daran, dass die Kinder unserer neuen Gesellschaft stark und abgehärtet zu sein hätten. Sie war überzeugt, Juvals Probleme resultierten daraus, dass die Kindergärtnerinnen und Erzieherinnen ihm bei Dingen nachgaben, bei denen man nicht nachgeben durfte, und ihm seine Absonderlichkeiten durchgehen ließen. Roni hingegen umarmte und küsste Juval, aber nur dann, wenn Lea es nicht sah. Wenn sie nicht da war, zog er aus seiner Tasche eine Tafel Schokolade und brach zwei, drei Stückchen für Juval ab. Diese Schokoladenstückchen bewahrten Juval und sein Vater vor Lea und der ganzen Welt als ihr Geheimnis. Oft nahm sich Roni vor, Lea zu widersprechen, doch unterließ es dann. Er fürchtete sich zu sehr vor ihren Zornesausbrüchen, die Juval dazu brachten, mit seiner Ente unter das Bett zu kriechen und lautlos zu weinen, bis der Zorn seiner Mutter wieder verflogen war, und selbst dann kam er nur langsam aus seinem Versteck hervor.

Im Kibbuz galt Roni Schindlin als Klatschmaul und Spötter, aber zu Hause hielt er sich zurück, weil Lea seine, wie sie es nannte, geschmacklosen und spitzfindigen Witzeleien nicht ausstehen konnte. Sowohl Lea als auch

Roni rauchten viele Zigaretten der Marke Silon, die der Kibbuz an seine Mitglieder verteilte, und ihre kleine Wohnung war ständig voller Zigarettenqualm. Auch nachts verschwand der Rauchgeruch nicht, er hatte sich in den Möbeln, den Wänden und der Zimmerdecke festgesetzt. Lea mochte keine überflüssigen Berührungen und kein überflüssiges Gerede und glaubte an feste Prinzipien. Alle Statuten des Kibbuz befolgte sie mit frommem Eifer. Sie war überzeugt davon, dass das eheliche Zusammenleben im Kibbuz einfach und nüchtern sein sollte.

In ihrer Wohnung gab es ein Bücherregal aus Sperrholz und ein Sofa mit einer Schaumgummimatratze. Dieses Sofa diente nachts aufgeklappt als Ehebett und wurde morgens in aller Frühe wieder zusammengeklappt. Außerdem gab es noch einen Kaffeetisch mit zwei Korbsesseln, ein Sitzpolster und eine raue Matte. An der Wand hing das Bild eines Sonnenblumenfeldes in sengendem Sonnenlicht, und in einer Zimmerecke stand eine Granatenhülse, die für einen Strauß getrockneter dorniger Zweige als Vase diente. Und alles war erfüllt von Zigarettenrauch.

Roni liebte es, am frühen Abend, wenn die Arbeitsliste für den kommenden Tag ausgefüllt und am Schwarzen Brett aufgehängt worden war, im Speisesaal an seinem angestammten Tisch in der Ecke zu sitzen und zu rauchen, inmitten seiner Freunde und Getreuen, und über all das, was sich im Leben der Kibbuzmitglieder ereignet hatte, zu reden. Nichts entging ihm. Das Leben der anderen verfolgte er mit unermüdlicher Neugier und großer Spottlust. Je höher die Ideale, davon war er überzeugt, desto lächerlicher würden unsere Schwächen und Widersprüchlichkeiten. Oft zitierte er lächelnd den Ausspruch von Levi Eschkol: »Ein Mensch ist eben nur ein Mensch, und auch das nur selten.« Dann zündete er sich eine Zigarette an und sagte mit einer etwas näselnden Stimme zu seinen Freunden: »Daraus folgt, dass bei uns kein Augenblick vergeht ohne neues Missgeschick. Erst hat Boas Osnat verlassen, zugunsten von Ariela Barasch, und jetzt verlässt Ariela Boas, zugunsten ihres Katers, und morgen taucht bestimmt irgendeine neue Abandonina auf und nimmt das verlassene Hab und Gut an sich. Wie in den Psalmen geschrieben steht: Nie sah ich einen Gerechten verlassen, noch seine Nachkommenschaft betteln um einen Schoß.« Oder er sagte: »Wem auch immer im Kibbuz Jikhat eine Frau fehlt, braucht sich nur in die Schlange vor David Dagans Treppe einzureihen und ein bisschen zu warten.

Dort werden Frauen aus der Tür geschnippt wie Zigarettenkippen.«

Von Roni Schindlins Tisch war oft dröhnendes Gelächter zu hören. Alle im Kibbuz sahen sich sehr vor, ja nicht in Ronis und seiner Freunde Mundwerk zu geraten.

Um zehn Uhr abends pflegten sich die Tischgenossen zu trennen, und alle gingen nach Hause. Roni machte noch einen Abstecher zum Kinderhaus, um nachzuschauen, ob Juval schlief, und ihn gut zuzudecken. Dann ging er langsam nach Hause, setzte sich auf die Stufen vor der Haustür und zog die Schuhe aus, um keinen Schmutz ins Haus zu tragen, und ging vorsichtig auf Strümpfen hinein. Lea hörte Radio und rauchte eine Zigarette nach der anderen. Jeden Abend hörte sie Radio. Roni zündete sich auch eine letzte Zigarette an und setzte sich schweigend ihr gegenüber. Um halb elf drückten sie die Zigaretten aus, löschten das Licht und gingen schlafen, er in seine Decke gewickelt, sie in ihre, denn am nächsten Tag würden sie vor sechs aufstehen und zur Arbeit gehen müssen.

In der Schlosserei galt Roni als fleißiger Arbeiter, und er achtete gewissenhaft darauf, nie eine Sitzung des Wirtschaftsausschusses zu versäumen. Er stand dort immer auf der Seite jener, die für eine vorsichtige und ausgewogene Haushaltsplanung und gegen ökonomisch riskant erscheinende Projekte waren. So stimmte er zwar für eine beschränkte Erweiterung des Hühnerstalls, aber gegen die Inanspruchnahme eines Bankdarlehens. Er hatte eine Briefmarkensammlung, der er sich nach der Arbeit widmete, zusammen mit Juval: Kopf an Kopf beugten sie sich über den Kaffeetisch, im Petroleumofen brannte eine blaue Flamme, Juval warf die abgerissenen Umschlagteile mit den Briefmarken in eine Schüssel mit Wasser, um den Klebstoff aufzuweichen, danach legte er die abgelösten Briefmarken, unter Aufsicht seines Vaters, mit dem Bild nach unten zum Trocknen auf einen Bogen Löschpapier. Roni sortierte die Briefmarken gemäß dem englischen Katalog ein, während er Juval von Japan erzählte, dem Land der aufgehenden Sonne, vom eisigen Island, von Aden, von Hadramaut, dem Hof des Todes, von Bab al-Mandab, dem Tor der Tränen, von Panama und dem großen Kanal, der dort gegraben worden war.

Lea brachte den beiden frischgepressten Orangensaft, ermahnte Juval, er solle das Glas leertrinken, und setzte sich in eine Ecke, um zu rauchen und in der Monatszeitschrift *Echo der Pädagogik* zu blättern. Von Zeit zu Zeit drang ein dumpfes Röcheln aus dem Petroleumofen, und die Flamme hinter dem Gitter leuchtete einen Moment lang auf. Draußen schlugen der Regen und der Wind gegen die geschlossenen Fensterläden, und auch ein Zweig des Ficusbaums drängte sich wieder und wieder dagegen, als bäte er um Gnade. Roni stand auf, leerte den Aschenbecher und spülte ihn unter dem Wasserhahn, Juval lutschte am Daumen und schmiegte sich an seinen Vater, und Lea schimpfte: »Hör auf mit dem Daumenlutschen. Und du, hör schon auf, ihn zu verwöhnen. Er ist sowieso viel zu verwöhnt.« Dann fügte sie noch hinzu: »Er sollte stattdessen lieber eine Orange essen und endlich die jämmerliche Ente weglegen. Jungen spielen nicht mit Puppen.«

Nun, da sie für zehn Tage zu der Fortbildung für Erzieherinnen gefahren war, holte Roni jeden Nachmittag um vier Juval und seine Quietschente vom Kinderhaus ab, setzte sich den Jungen auf die Schultern, und so spazierten sie zu den Ställen. Der scharfe, säuerliche Geruch der Orangenschalen aus dem Gärfuttersilo mischte sich mit den schweren Gerüchen von Viehfutter und Mist aus dem Kuhstall. Vom Westen her wehte ein feuchtkalter Wind, und die frühe Abenddämmerung senkte sich auf die Ställe und die Schuppen und die kleinen Häuser mit den roten Ziegeldächern. Ab und zu stieß in einem der Wipfel ein Vogel einen lauten, schrillen Ruf aus. Die Schafe in den Pferchen antworteten mit einem klagenden Blöken. Manchmal gerieten sie in einen leichten Regenschauer, dann liefen Vater und Sohn schnell nach Hause.

Nach dem Spaziergang nahm Roni den Jungen mit in die Wohnung und überredete ihn, ein Marmeladebrot zu essen und eine Tasse Kakao zu trinken. Juval aß lustlos ein paar Bissen von seinem Brot, probierte einen Schluck Kakao und sagte: »Genug, Papa. Jetzt die Briefmarken.«

Roni räumte den Tisch ab, stellte das Geschirr in die Spüle, nahm das grüne Album aus dem Regal, und beide beugten sich darüber, Kopf an Kopf. Roni zündete sich eine Zigarette an und erklärte Juval, die Briefmarken seien kleine Gäste aus fernen Ländern, und jeder Gast erzähle uns eine Geschichte von dem Land, aus dem er gekommen sei, Geschichten von Landschaften und von berühmten Menschen, Geschichten von Festen und von schönen Gebäuden. Juval fragte, ob es Länder gebe, in denen man den Kindern erlaube, nachts bei ihren Eltern zu schlafen, und Länder, in denen die Kinder andere Kinder nicht ärgern und nicht schlagen. Roni wusste nicht, was er ihm darauf antworten sollte, er sagte nur, es gebe überall gute und grausame Menschen, und dann erklärte er Juval die Bedeutung des Wortes Grausamkeit. Tief im Herzen glaubte Roni, dass sich bei uns die Grausamkeit manchmal scheinheilig als Prinzipientreue tarnte, und er wusste, dass niemand ganz frei davon war. Auch er selbst nicht.

Juval hatte Angst davor, dass es halb acht wurde, dann musste er mit seinem Vater zum Kinderhaus gehen und sich für die ganze Nacht von ihm verabschieden. Er bettelte nicht darum, zu Hause bleiben zu dürfen, aber als er zur Toilette ging, um Pipi zu machen, und lange nicht zurückkam, fühlte Roni sich gezwungen, ihm nachzugehen. Der Junge saß auf dem geschlossenen Toilettendeckel, lutschte am Daumen und drückte seine Gummiente mit dem verblassten roten Schnabel und den in den Kopf gesunkenen Augen fest an sich.

Roni sagte: »Juvali, wir müssen los, es ist schon spät.«

Juval erwiderte: »Es geht nicht, Papa. Auf keinen Fall. Im Wäldchen neben dem Weg ist ein großer Wolf.«

Schließlich schlüpften beide in ihre Jacken. Roni zog Juval die grünen Gummistiefel an und band die Mütze des Jungen unter dem Kinn fest. Er holte einen dicken Stock, mit dem er den Wolf verscheuchen würde. Dann machten sie sich auf den Weg zum Kinderhaus. Juval saß auf Ronis Schultern und umklammerte mit einer Hand den Kopf seines Vaters, mit der anderen drückte er seine Ente und ließ sie immer wieder aufquietschen. Als sie an den Bäumen hinter dem Speisesaal vorbeigingen, fuchtelte Roni mit dem Stock durch die feuchte Luft und schlug den Wolf in die Flucht. Juval zögerte einen Moment, dann verkündete er traurig, dass der Wolf zurückkommen würde, später in der Nacht, wenn alle Eltern schliefen. Roni versprach, dass der Wachmann den Wolf vertreiben würde, aber der Junge beruhigte sich nicht, er wusste, dass der Wolf den Wachmann fressen würde.

Als sie im Kinderhaus ankamen, war der Heizlüfter in der Essecke an, und die kleinen Tische waren schon fürs Abendessen gedeckt. Auf jedem Teller lag eine Scheibe Brot mit Schnittkäse, ein halbes hartes Ei, ein paar Scheiben Tomaten, vier Oliven und ein kleines Häufchen Quark. Chemda, die Erzieherin, eine untersetzte, stämmige Frau mit einer weißen Schürze, befahl den Kindern, ihre Stiefel ordentlich neben der Tür in eine Reihe zu stellen und ihre Jacken an die Haken über den Stiefeln zu hängen. Dann gingen die Eltern hinaus, um zu rauchen, und die Kinder aßen zu Abend. Anschließend räumten sie die Teller und Tassen in die

Spüle, und diejenigen, die Dienst hatten, wischten die Tische ab.

Nach dem Essen durften die Eltern die Kinder ins Bett bringen. Die Kinder in ihren Flanellschlafanzügen drängelten sich mit großem Gekreische vor den Waschbecken, wuschen sich und putzten ihre Zähne und kletterten lärmend unter die Decken. Zehn Minuten lang durften die Eltern eine Geschichte vorlesen oder ein Schlaflied singen, dann verabschiedeten sie sich. Chemda machte das Licht aus, nur eine kleine Lampe in der Essecke ließ sie an. Sie blieb noch ein paar Minuten bei den Kindern, verbot ihnen, miteinander zu flüstern, befahl ihnen, einzuschlafen, und sagte ihnen gute Nacht, schaltete das Licht in der Dusche an, machte den Heizlüfter aus und ging.

Die Kinder warteten, bis sie sich entfernt hatte, dann schlüpften sie barfuß aus den Betten und begannen, in den Zimmern und der Essecke herumzutoben und sich gegenseitig mit den schmutzigen Gummistiefeln zu bewerfen, die aufgereiht neben der Eingangstür standen. Sie wurden immer übermütiger, die Jungen hängten sich Decken über den Kopf, umringten die Mädchen und schrien: »Wir sind Araber, wir greifen jetzt an!« Die Mädchen kreischten erschrocken und drängten sich zusammen, und eine von ihnen, Atida, füllte eine Flasche mit Wasser und bespritzte damit die Araber. Es kam zu einer Rauferei, die erst ein Ende nahm, als Eviatar, ein breitschultriger Junge, rief: »Los, jetzt beschlagnahmen wir die Ente von Juval-Rotznase.«

Juval hatte nicht wie die anderen Kinder das Bett verlassen, sondern war liegen geblieben, mit dem Gesicht zur Wand, und dachte an das Briefmarkenland Hadramaut, den Hof des Todes, von dem sein Vater ihm erzählt hatte. Dieser Name machte ihm Angst, und er hatte das Gefühl, dass der Hof des Kinderhauses, der sich genau hinter der Wand mit dem Fenster erstreckte, ebenfalls ein Hof des Todes sei. Er rollte sich fester in die Decke, schob auch seinen Kopf darunter und umarmte seine Gummiente. Er wusste, dass es gefährlich war, einzuschlafen, andererseits durfte er aber auch nicht weinen. Er wartete, dass die Kinder müde werden und wieder ins Bett zurückkehren würden, und hoffte, sie würden sich heute Abend nicht an ihn erinnern. Seine Mutter war weggefahren, und sein Vater saß jetzt mit seinen Freunden am Tisch in der Ecke des Speisesaals und rauchte, und Chemda, die Erzieherin, war weggegangen, und hinter der dünnen Wand lag der Hof des Todes, und die Tür war nicht abgeschlossen, und im Wäldchen auf dem Weg nach Hause trieb sich ein schwarzer Wolf herum.

Tadmor, Tamir und Rinat rissen ihm die Decke weg, warfen sie auf den Boden, und Dalit sang ein Spottlied: »Juval-Rotznase, Rotznase-Juval hat Pech, Pech, Pech – Pech überall!«

Eviatar rief: »Gleich fängt er an zu weinen!«

Er wandte sich an Juval und sagte zuckersüß: »Na, wein schon, Juval. Nur ein bisschen. Alle Kinder bitten dich sehr darum.«

Juval krümmte sich zusammen, zog die Knie an den Bauch und den Kopf zwischen die Schultern, er umklammerte mit beiden Händen seine Ente, die leise aufquietschte.

»Seine Ente ist ein Dreckding.«

»Los, wir waschen die Ente.«

»Wir waschen ihr Schwänzchen, ihr Schwänzchen ist auch ein Dreckding.«

»Gib die Ente her, Juval-Rotznase. Los, gib sie her. Gib sie im Guten.«

Eviatar versuchte Juval die Ente aus der Hand zu reißen, aber Juval umklammerte sie mit ganzer Kraft und presste sie an seinen Bauch. Tadmor und Tamir rüttelten von beiden Seiten an seinen Armen, er trat mit den nackten Füßen nach ihnen, Rinat fing an, an seiner Schlafanzughose zu zerren, Tadmor und Tamir bogen ihm die Finger nach außen, und Eviatar griff mit beiden Händen zu und entriss ihm die Ente, schwenkte sie hin und her, tanzte auf einem Fuß herum und rief: »Die Ente, das Dreckding, in den Müll damit!«

Juval biss die Zähne zusammen, um nicht loszuheulen, aber seine Augen füllten sich mit Tränen, aus seiner Nase lief Rotz und verschmierte seinen Mund und sein Kinn. Er stand auf und wollte sich auf Eviatar stürzen, der viel größer und stärker war als er. Eviatar tat, als würde er sich erschrecken, er fuchtelte mit der Ente hoch über seinem Kopf herum und warf sie zu Tamir, dieser warf sie zu Rinat, und Rinat warf sie zu Tadmor. Juval wurde plötzlich von einer verzweifelten Wut gepackt, der Wut der Schwachen, er nahm Anlauf und stürzte sich mit aller Macht auf Eviatar und versetzte ihm einen so heftigen Stoß in den Bauch, dass er ihn fast umgeworfen hätte. Dalit und Rinat kreischten vor Vergnügen. Eviatar fasste sich wieder, stieß Juval nieder und schlug ihm mit der Faust auf die Nase. Als Juval auf dem Boden lag und nur noch kleine, erstickte Schluchzer ausstieß, sagte Dalit: »Kommt, wir holen ihm ein bisschen Wasser.« Und Tadmor sagte: »Schluss jetzt. Es reicht. Lasst ihn in

Ruhe.« Aber Eviatar lief zur Essecke, holte eine Schere aus der Schublade und schnitt der Gummiente den Kopf ab, dann kam er ins Zimmer zurück, den Entenkörper in der rechten Hand, den Entenkopf in der linken. Er beugte sich über Juval, der noch immer auf dem Boden lag, lachte und sagte: »Welchen Teil willst du, Juval? Du hast die Wahl.«

Juval stand auf, lief zwischen den Kindern hindurch, die sich um ihn drängten, rannte blind vor Tränen zur Tür, riss sie auf und rannte hinaus in die Dunkelheit, hinein in den finsteren Hof des Todes vor dem Kinderhaus, rannte barfuß durch den Schlamm, zitternd vor Kälte und Angst, rannte und sprang wie ein gehetzter Hase durch den Regen, aus seinen nassen Haaren lief Wasser über seine Wangen und mischte sich mit den Tränen, er rannte an den dunklen Häusern und am finsteren Wäldchen hinter dem Speisesaal vorbei, hörte ganz in der Nähe das Tappen des schwarzen Wolfes, der ihn verfolgte, spürte dessen Atem in seinem Nacken und verdoppelte die Geschwindigkeit seiner Flucht, der Regen wurde stärker, und der Wind schlug ihm ins Gesicht, er stolperte und fiel in einer Pfütze auf die Knie, schürfte sich die Haut ab, stand nass und schlammverschmiert wieder auf, rannte weiter allein durch die Dunkelheit zwischen einer Laterne und der nächsten, rannte und schluchzte leise und abgehackt, seine Ohren wurden kalt und taten weh, rannte und rannte, bis er die Wohnung seiner Eltern erreichte und sich auf den Stufen vor der Haustür niederfallen ließ, weil er Angst hatte, hineinzugehen, Angst hatte, sie würden böse auf ihn sein und ihn ins Kinderhaus zurückbringen, und dort auf den Stufen vor der Haustür, zusammengekrümmt, starr vor Kälte und lautlos weinend, fand ihn sein Vater, als er aus dem Speisesaal zurückkam von seinem abendlichen Zusammensein mit den Klatschmäulern.

Roni nahm seinen Sohn auf den Arm und trug ihn hinein, er zog ihm den nassen Schlafanzug aus, wischte mit einem Waschlappen vorsichtig den Schlamm und den Rotz ab und rubbelte mit einem großen, rauen Handtuch den vor Kälte starren Körper des Jungen warm, dann wickelte er den Jungen in eine warme Decke und machte den Ofen an, und währenddessen entlockte er Juval alles, was im Kinderhaus geschehen war. Er sagte dem Jungen, er solle in die Decke gehüllt neben dem Ofen auf ihn warten, und rannte keuchend und glühend vor Zorn durch den Regen den Hang hinauf.

Als er im Kinderhaus ankam, die Schuhe schwer vom Schlamm, versuchte die Nachtwache Berta Brum irgendetwas zu ihm zu sagen, aber er hörte nichts und wollte nichts hören, blind und taub vor Verzweiflung und Zorn platzte er in Juvals Zimmer, machte das Licht an, bückte sich und riss einem zarten, stillen Jungen mit Namen Jair die Decke weg, er stellte ihn auf das Bett und ohrfeigte ihn wieder und wieder links und rechts, bis dessen Nase anfing zu bluten, er schlug den Kopf des Jungen gegen die Wand, einmal und noch einmal und noch einmal, und schrie mit heiserer Stimme: »Das ist noch gar nichts! Das ist noch gar nichts! Wenn es noch einmal einer wagt, Juval anzurühren, den bringe ich um!«

Berta, die Nachtwache, stürzte sich auf ihn und zog ihn mit Gewalt weg von dem Jungen, der auf dem Bett zusammensackte und in ein dünnes, durchdringendes Weinen ausbrach. »Du bist verrückt geworden, Roni, vollkommen verrückt!«, rief Berta wieder und wieder. Roni ballte seine Faust und schlug ihr gegen die Brust, stürmte hinaus und rannte, so schnell er konnte, durch den Schlamm und Regen nach Hause, zu seinem Sohn.

Die ganze Nacht schliefen Vater und Sohn eng umschlungen auf dem ausgeklappten Sofa, und am Morgen blieben beide in der Wohnung. Roni ging nicht zur Arbeit in die Schlosserei und brachte Juval nicht in den

Kindergarten. Er schmierte seinem Sohn ein Brot mit Marmelade und machte eine Tasse Kakao warm. Um halb neun klopfte Joav, der Kibbuzsekretär, an die Tür und teilte Roni mit ernstem Gesicht und in kargen Worten mit, er habe morgen pünktlich um fünf Uhr nachmittags im Sekretariat zu erscheinen, um bei einer gemeinsamen Sitzung des Sozial- und des Kleinkinderausschusses persönlich Rede und Antwort zu stehen.

Beim Mittagessen saßen Ronis Freunde ohne ihn am Tisch der Klatschmäuler in einer Ecke des Speisesaals und redeten über das, was seit dem frühen Morgen im ganzen Kibbuz Jikhat das Gesprächsthema des Tages war. Sie stellten Überlegungen an, was Roni wohl gesagt hätte, wenn ein anderes Kibbuzmitglied so etwas getan hätte. Und sie sagten: »Man kann nie wissen, so ein ruhiger Mensch, mit Humor, und nun seht, wozu er fähig ist.« Um drei Uhr nachmittags traf Lea im Kibbuz ein, die man telefonisch aufgefordert hatte, sofort von der Fortbildung für Erzieherinnen zurückzukommen. Bevor sie nach Hause ging, holte sie aus dem Kinderhaus warme Unterwäsche, saubere Kleider und Stiefel für den Jungen. Sie beschied Roni, mit zusammengekniffenen Lippen, eine brennende Zigarette zwischen den Fingern, dass nach allem, was geschehen war, sie und nur sie allein verantwortlich für Juval sei, und sie habe beschlossen, dass der Junge zu seinem eigenen Wohl noch heute Abend zum Schlafen ins Kinderhaus zurückkehren solle.

Der Regen hatte aufgehört, aber am Himmel hingen noch immer schwere Wolken, und den ganzen Tag hatte schon ein feuchtkalter Wind geweht. Das Zimmer füllte sich mit Zigarettenrauch. Um halb acht Uhr abends zog Lea Juval die Jacke und die grünen Stiefel an und sagte: »Komm, Juval. Wir gehen schlafen. Es wird dir keiner etwas tun.« Und sie fügte hinzu: »Es ist Schluss mit eurem Toben. Ab heute Abend wird die Nachtwache ein Auge auf euch haben, wie es sich gehört.«

Sie gingen, und Roni blieb allein zurück. Er zündete sich eine Zigarette an und stand am Fenster, mit dem Rücken zum Zimmer, und schaute hinaus ins Dunkle. Um neun kam Lea zurück und sagte kein Wort zu ihm. Sie saß in ihrem Korbsessel, rauchte und las die Monatszeitschrift *Echo der Pädagogik*. Um zehn sagte Roni: »Ich gehe noch mal raus. Ich will nachschauen, wie es ihm geht.

Lea sagte ruhig: »Du gehst nirgendwohin.«

Roni zögerte und gab nach, weil er sich wieder seiner selbst nicht sicher war.

Um halb elf machten sie das Radio aus, leerten den

Aschenbecher, klappten das Sofa auf und gingen schlafen, er in seine Decke gewickelt, sie in ihre, denn auch morgen würden sie vor sechs aufstehen und zur Arbeit gehen müssen.

Es hatte wieder zu regnen begonnen, und der Zweig des Ficusbaums schlug im Wind hartnäckig gegen den Fensterladen. Roni lag auf dem Rücken und starrte hinauf an die Decke. Einen Moment lang kam es ihm vor, als hörte er ein schwaches Quietschen in der Dunkelheit. Er setzte sich im Bett auf und lauschte angestrengt, doch nun hörte er nur noch den Regen und den Wind und den Zweig. Dann schlief er ein.

In der Nacht

Im Februar war Joav Karni an der Reihe, für eine Woche den nächtlichen Wachdienst zu übernehmen, von Samstagabend bis Freitagabend. Er war das erste Kind gewesen, das im Kibbuz Jikhat zur Welt gekommen war, und die Gründergeneration, vor allem seine Eltern, waren sehr stolz auf ihn, als er zum Sekretär gewählt wurde, der erste Sekretär aus der Generation der schon im Kibbuz Geborenen. Die meisten Söhne des Kibbuz waren braungebrannt und kräftig, Joav hingegen war blass und hager, er hatte große Ohren und vorgebeugte Schultern, war nachlässig rasiert und wirkte gedankenverloren. Er sah aus wie ein Jeschiwa-Schüler. Sein Kopf war immer etwas vorgereckt, als suchte er im Dunkeln den Weg, den Blick hielt er meist über die Schulter seines Gesprächspartners gerichtet. Den Kibbuz leitete er mit Umsicht und Takt. Nie erhob er seine Stimme, nie schlug er mit der Faust auf den Tisch, alle im Kibbuz schätzten ihn für seinen Anstand, seine ruhige Beharrlichkeit und seine Güte. Er hingegen schämte sich für seine Güte und bemühte sich, immer eine strenge und prinzipientreue

Haltung einzunehmen. Wenn du dich mit der Bitte um irgendeine Erleichterung oder Vergünstigung an ihn wandtest, erklärte er dir ernst, so etwas komme bei uns überhaupt nicht infrage, wir müssten uns immer nach den Prinzipien des Kibbuz richten. Doch sofort danach machte er sich daran, diskret nach einer Lücke in den Statuten zu suchen, die eine Umgehung der Regeln ermöglichte, um dir ein wenig entgegenzukommen.

Ein paar Minuten vor elf Uhr nachts zog Joav warme Sachen und Stiefel an, schlüpfte in seinen abgetragenen schweren Militärmantel, setzte eine Wollmütze auf, die seine Ohren bedeckte, und ging zum Haus des vorherigen Wachmanns, Zvi Provisor, um von ihm die Waffe zu übernehmen.

Zvi, der Gärtner, hielt den Sekretär zurück und verkündete traurig: »Vielleicht hast du es schon gehört, Joav: In Minnesota gibt es den schlimmsten Schneesturm seit vierzig Jahren. Bis jetzt werden achtzehn Tote und zehn Vermisste gemeldet.«

Joav sagte: »Das tut mir leid zu hören.«

Zvi fügte hinzu: »In Bangladesch gibt es Überschwemmungen. Und in Jerusalem ist vor einer oder zwei Stunden ganz unerwartet der Rabbiner Kupermintz gestorben. Es ist gerade im Radio gekommen.«

Joav wollte die Hand auf Zvis Schulter legen, doch auf halbem Weg fiel ihm ein, dass Zvi es nicht mochte, wenn man ihn berührte. Deshalb lächelte er ihn nur an und sagte voller Zuneigung: »Wenn du zufällig einmal eine gute Nachricht hörst, Zvi, nur ein einziges Mal eine gute, dann komm sofort zu mir, und wenn es mitten in der Nacht ist, und gib mir Bescheid.«

Joav hängte sich die Waffe über die Schulter und machte sich auf den Weg. Als er an dem Springbrunnen mit den Goldfischen vorbeikam, den Zvi Provisor vor dem Speisesaal gebaut hatte, dachte er, dass es für einen alternden, einsamen Junggesellen hier bei uns schwerer war als an anderen Orten, weil es im Kibbuz kein geeignetes Mittel gegen Einsamkeit gab. Und schlimmer als das: Von der Grundidee her verneinte unsere Gesellschaftsform die Einsamkeit.

Beim Durchqueren der Siedlung der Alteingesessenen machte er da und dort eine Außenlampe aus, die überflüssigerweise brannte, und auch einen Rasensprenger, den jemand vor dem Schlafengehen vergessen hatte abzustellen. Neben dem Friseurschuppen hob er einen leeren Sack hoch, den jemand dort hingeworfen hatte, faltete ihn sorgfältig zusammen und legte ihn vor das Getreidesilo.

In manchen Fenstern war noch Licht. Bald würde der ganze Kibbuz in Schlaf versinken, nur er und die Nachtwache im Kinderhaus würden wach bleiben. Ein kalter Wind wehte, und die Nadeln der Kiefern antworteten ihm mit einem leisen Flüstern. Ein dumpfes Muhen kam vom Kuhstall herüber. Die Häuser der Alteingesessenen reihten sich aneinander, in jedem Haus vier Wohnungen, in jeder Wohnung zwei kleine Zimmer, und in jedem Zimmer Möbel aus Sperrholz, Blumentöpfe, Matten und Baumwollvorhänge. Um eins musste er zum Brutstall gehen und das Thermometer kontrollieren, und um halb vier musste er die Melker für die Frühschicht wecken. Die Nacht würde schnell vorbeigehen.

Joav liebte diese Nächte des Wachdienstes sehr, in denen er den Arbeitsalltag hinter sich lassen konnte, seine Tage voller Ausschusssitzungen, Beschwerden und Forderungen der Kibbuzmitglieder. Es kam vor, dass Menschen, die viel älter waren als er, ihm ihr Herz ausschütteten, dazu kamen allerlei heikle Probleme des sozialen Lebens, die diskrete Lösungen verlangten, Budgetfragen, die Kontakte zu Außenstellen und die Vertretung des Kibbuz innerhalb der Kibbuzbewegung. Nun aber, in der Nacht, konnte er allein zwischen den Schuppen und den Ställen herumstreifen, er konnte langsam an dem im gelben Licht der Laternen liegenden Zaun entlanggehen, er konnte sich kurz auf eine umgedrehte Kiste vor der Schlosserei setzen und in Nachtgedanken versinken. Seine Nachtgedanken galten seiner Frau Dana, die jetzt im dunklen Zimmer im Bett lag und mit geschlossenen Augen Radio hörte, um leichter einzuschlafen. Er dachte auch an seine Zwillinge, die jetzt im Kinderhaus in ihren Betten lagen und schliefen. In einer Stunde würde er dort vorbeigehen und die Jungen zudecken. Vielleicht würde er auch zu Hause vorbeigehen und das Radio ausmachen, was Dana bestimmt vor dem Einschlafen vergessen haben würde. Dana mochte das Kibbuzleben nicht, sie träumte von einem Leben, in dem Privatheit möglich war. Oft versuchte sie ihn dazu zu bewegen, den Kibbuz zu verlassen und ein anderes Leben anzufangen. Aber Joav war ein Mann mit Prinzipien, er setzte sich immer dafür ein, das Leben im Kibbuz zu verbessern, und wollte nichts davon hören, ihn zu verlassen. Trotzdem musste er insgeheim zugeben, dass die Lebensform des Kibbuz Frauen gegenüber grundsätzlich ungerecht war und sie fast ausnahmslos zu Tätigkeiten im Dienstleistungsbereich wie Kochen, Putzen, Kinderbetreuung, Waschen, Nähen und Bügeln zwang. Die Frauen waren bei uns angeblich vollkommen gleichgestellt, aber diese

Gleichstellung wurde ihnen nur unter der Bedingung gewährt, dass sie sich den Männern anglichen, dass sie sich wie Männer gaben: Sie durften sich nicht schminken und mussten auch sonst alles vermeiden, was als weiblich galt. Joav dachte oft über diese Ungerechtigkeit nach, doch sosehr er das Problem auch drehte und wendete, er fand keine Lösung. Vielleicht fühlte er sich deshalb Dana gegenüber immer schuldig und lebte neben ihr wie einer, der sich rechtfertigen musste.

Die Nacht war sehr kalt und dunkel. Das Quaken der Frösche riss Löcher in die Stille, und in der Ferne bellte ein Hund. Joav hob den Blick und betrachtete die dichte Wolkendecke am Himmel, und er sagte sich, dass alles, was man für wichtig hält, gar nicht wirklich wichtig ist und dass er nicht genug Zeit hatte, über das nachzudenken, was wirklich wichtig ist. Das Leben ging vorbei, fast ohne dass man je einmal über die elementaren Dinge nachdachte, Einsamkeit, Sehnsucht, Leidenschaft und Tod. Die Stille war tief und weit und wurde nur manchmal vom Heulen der Schakale zerschnitten, und Joav war voller Dankbarkeit für diese Stille und auch für das Heulen der Schakale. Er glaubte nicht an Gott, aber in Momenten der Einsamkeit und der Stille, so wie jetzt, in dieser Nacht, schien es Joav, als würde jemand auf ihn warten, Tag und Nacht, schweigend und geduldig, still und ruhig und immerfort.

Als er langsam, die Waffe über der Schulter, vom Kühlhaus zum Düngerschuppen ging, löste sich plötzlich ein schmaler Schatten aus dem Schatten der Wand und eine in einen dünnen Mantel gehüllte Gestalt versperrte ihm den Weg. Eine tiefe, angenehme, etwas heisere Frauenstimme sagte: »Erschreck nicht, Joav, ich bin es, Nina. Ich habe darauf gewartet, dass du hier vorbeikommst. Ich wusste, dass du hier vorbeikommen wirst. Ich muss dich etwas fragen.«

Joav wich zurück, bemühte sich, in der Dunkelheit etwas zu sehen, fasste Nina am Arm, zog sie unter die nächste Laterne und fragte besorgt, ob ihr nicht kalt sei und wie lange sie schon hier allein warte. Nina war eine junge Frau, die bei uns dafür bekannt war, dass sie fest auf ihren Standpunkten bestand. Sie hatte grüne Augen, lange Wimpern und einen schmalen, entschlossenen Mund. Ihre Stirn glänzte in der Dunkelheit, und ihre hellen Haare waren kurzgeschnitten.

»Sag mir, Joav, was würdest du tun, wenn du dein ganzes Leben lang jeden Tag mit jemandem zusammensein und jede Nacht neben jemandem schlafen müsstest, der dir zuwider ist. Der dir schon seit Jahren zuwider ist, was er redet, wie er riecht, wie er lacht, wie er sich kratzt, wie er rülpst, wie er hustet, wie er schnarcht, wie er sich in der Nase bohrt. Alles. Was würdest du tun?«

Joav legte ihr die Hand auf den Arm. »Erzähl mir genau, was passiert ist, Nina.«

Im Licht der Laterne sah er, dass ihr Gesicht blass und angespannt war, doch ihre müden grünen Augen blickten ihn direkt an und waren ohne Tränen. Sie presste die Lippen zusammen und sagte: »Nichts ist passiert. Er diskutiert sogar mit der Nachrichtensprecherin im Radio.«

Und dann sagte sie: »Ich kann nicht mehr.«

»Vielleicht warten wir bis morgen? Komm morgen zu mir ins Büro, dann werden wir reden, ja? Es gibt Dinge, die sehen in der Nacht schrecklich aus, bei Tag aber ganz anders.«

»Nein, ich kehre nicht zu ihm zurück. Nicht heute Nacht und niemals. Gib mir noch heute Nacht eine Unterkunft, Joav. Selbst wenn es in einer Baracke oder einem Schuppen ist. Bestimmt hast du irgendein leerstehendes Zimmer.«

»Erzähl mir, was passiert ist.«

»Da gibt es nichts zu erzählen. Ich kann nicht mehr.«

»Und die Kinder?«

»Die Kinder werden jeden Nachmittag vom Kinderhaus direkt zu mir kommen, sie werden zu dem Zimmer kommen, dass du mir geben wirst.«

Es war Joav nicht angenehm, mit Nina in dem schmalen Durchgang zwischen dem Kühlhaus und dem Düngerschuppen im schwachen Licht der Laterne zu sprechen. Wenn jemand vorbeikäme und sie so heimlich miteinander reden sähe, würde morgen ein ungeheures Gerede entstehen. Er sagte mit Nachdruck: »Nina, entschuldige, ich kann eine derartige Angelegenheit nicht mitten in der Nacht lösen. Ich habe schließlich keine Zimmer in der Hosentasche. Ich bin nicht derjenige, der die Zimmer verteilt. Das muss im zuständigen Ausschuss beschlossen werden. Und ich habe Wachdienst. Geh jetzt bitte schlafen, morgen werden wir uns treffen und gemeinsam eine Lösung finden.«

Doch noch während er das sagte, rebellierte er innerlich, er überlegte es sich anders und sagte: »Komm mit mir. Wir gehen zum Sekretariat. Dort hängt der Schlüssel zu dem Zimmer für Gastdozenten. Dort kannst du heute Nacht schlafen. Morgen kommst du dann zu mir ins Büro, dann schauen wir, was sich tun lässt. Und ich werde morgen auch mit Avner sprechen.«

Sie beugte sich vor, umfasste mit beiden Händen

seine Hand, zog sie an sich und drückte sie fest. Joav war verlegen und errötete sogar etwas. Nina war eine anziehende Frau und schon mehr als einmal in seinen geheimsten Phantasien aufgetaucht. Als Siebzehnjähriger war er in sie verliebt gewesen, hatte aber nicht gewagt, sich ihr zu nähern. Während seiner Schulzeit war Joav ein in sich gekehrter, schüchterner Junge gewesen, und schon damals hatten sich die Jungen, die den Ton angaben, um Nina bemüht. Selbst jetzt, da ihr Gesicht von Bitterkeit und Erschöpfung gezeichnet war und ihr Körper etwas von seiner Vollkommenheit verloren hatte, war sie noch eine anziehende Frau. Wir hatten uns alle gewundert, dass sie ausgerechnet Avner Sirota geheiratet und ihm sogar zwei Söhne geboren hatte. Avner war ein lautstarker, streitsüchtiger Bursche, sein kurzrasierter runder Kopf ruhte schwer und fast halslos auf den Schultern, und seine Arme waren die eines Boxers. Vor Nina hatte er ein wenig Angst, als wüsste sie von einem Geheimnis, das ihn in arge Verlegenheit bringen könnte. Trotzdem machte er zuweilen hinter ihrem Rücken auf seine grobe, witzelnde Art jungen Mädchen aus dem Schülerwohnheim Avancen. Seinen beiden kleinen Söhnen gegenüber zeigte er eine brummige Zuneigung, an Sommerabenden ermunterte er sie, sich mit ihm auf dem Rasen herumzubalgen. Ständig diskutierte er mit seiner heiseren Stimme über Politik und verspottete die Regierung, die seiner Meinung nach nichts anderes war als eine Versammlung schwächlicher Diasporajuden. Würde man ihm und seinen Fallschirmjägerkameraden nur einen Monat lang freie Hand geben, sagte er immer, würde man ihm nur einen Monat Zeit geben, um die Araber so zu behandeln, wie sie es verdienten, hätten wir hier längst Ruhe und Frieden. Oft genug stand er mitten im Speisesaal oder auf einem der Wege, rauchte und diskutierte, und Nina stand wartend daneben, mit gesenktem Kopf, und hörte zu, bis sie genug hatte, dann legte sie ihm die Hand auf den Rücken und unterbrach ihn mit ihrer leisen, entschlossenen Stimme: »Avner, ich glaube, es reicht für heute. Komm, wir gehen.«

Avner gehorchte ihr dann sofort, unterbrach seine Predigt und folgte ihr. Roni Schindlin nannte sie die kleine Zigeunerin, die mit einem einzigen Kommando den Bär tanzen lässt.

Joav fragte: »Wird Avner dich nicht suchen?«

»Er hat schon geschlafen, als ich mich angezogen habe und weggegangen bin.«

»Und wenn er aufwacht und dich nicht neben sich liegen sieht?«

»Er wird nicht aufwachen. Er wacht nachts nie auf.«

»Und wenn er morgen früh aufsteht? Hast du ihm eine Nachricht hinterlassen?«

»Ich habe ihm nichts zu sagen. Wenn er morgen früh aufwacht, wird er glauben, dass ich früher zur Arbeit gegangen bin, ohne ihn zu wecken. Wir sprechen nur wenig miteinander.«

»Und dann? Was wird dann sein?«

»Ich weiß es nicht.«

»Es wird Gerede geben. Die Leute werden reden, der ganze Kibbuz wird reden.«

»Sollen sie reden.«

Joav empfand plötzlich das Verlangen, den schmalen Körper in dem leichten Mantel fest an sich zu drücken oder seinen Mantel aufzuknöpfen und sie darunter zu ziehen oder ihr zumindest über die Wange zu streichen. So stark war dieses Verlangen, dass seine Hand sich wie von selbst ausstreckte und die Luft um ihre Haare streichelte. Ihm war kalt, und er stellte sich vor, dass es Nina noch viel kälter war, weil ihr Kopf unbedeckt war und sie nur leichte Schuhe an den Füßen trug.

»Komm, lass uns gehen«, sagte er, »wir werden schon etwas finden, wo du schlafen kannst.«

Sie ging neben ihm her, klein, in sich gekehrt, mit

kurzgeschnittenen Haaren, und blieb einen halben Schritt zurück, weil er lange Schritte machte. Er war viel größer als sie, und sein Schatten fiel auf ihren. Sie gingen an der Wäscherei und der Schusterei vorbei. Der kalte Wind trug einen Geruch von feuchtem Staub und Hühnermist mit sich. Über die Dächer krochen dunkle Wolken, und nicht ein Stern war zu sehen. Joav ging in Gedanken die Liste der Probleme durch, die er morgen und in den nächsten Tagen zu bearbeiten hatte. Zeschka hatte den Kibbuz um die Erlaubnis gebeten, ihre Familie in Europa besuchen zu dürfen, Zvi Provisor brauchte einen neuen Rasenmäher, Großmutter Slava hatte eine der Küchenarbeiterinnen gebissen, Roni Schindlin war nachts ins Kinderhaus eingedrungen und hatte einen fünfjährigen Jungen verprügelt, David Dagan hatte sich von Edna Ascherow getrennt, für die Zahnarztambulanz mussten dringend Geräte angeschafft werden, und jetzt musste er auch noch mit Avner sprechen und herausfinden, ob sich noch etwas machen ließ, ob es sich hier nur um eine Krise für eine Nacht handelte oder um eine zerbrochene Familie.

Nina war drei, vier Jahre jünger als er, und seit ihrer Kindheit hatte Joav ihren unabhängigen Geist und ihre Standhaftigkeit bewundert. Sie war als Waisenkind zu uns gekommen, ihr Großvater hatte gewollt, dass sie bei uns aufwuchs. Vom ersten Tag an hatte sie ganz ruhig auf ihrer Meinung bestanden, und die anderen lernten ihre stille Beharrlichkeit zu schätzen. Bei den Vollversammlungen stimmte sie mehr als einmal allein oder fast allein gegen die Mehrheitsmeinung. Nach ihrem Militärdienst meldete sie sich freiwillig dazu, eine Gruppe krimineller Jugendlicher in einer abgelegenen Kleinstadt zu betreuen. Danach hatte sie allein in der Imkerei gearbeitet und sie in einen erfolgreichen Produktionszweig verwandelt, und andere Imker waren gekommen, um bei ihr zu lernen. Als sie an die Reihe kam, eine Ausbildung zu machen, bestand sie darauf, Sozialarbeiterin zu werden, obwohl die Kibbuzvollversammlung beschlossen hatte, sie zu einem Kindergärtnerinnenseminar zu schicken. Nina war die Wortführerin der Frauen, die bei uns dafür fochten, die kleinen Kinder nachts nicht gemeinsam im Kinderhaus, sondern bei ihren Eltern schlafen zu lassen. Die Vollversammlung hatte ihren Antrag abgelehnt. Nina war fest entschlossen, den Antrag so lange immer wieder auf die Tagesordnung setzen zu lassen, bis sie die Mehrheit von ihrem Standpunkt überzeugt haben würde.

Zwei, drei Monate nachdem die Nachal-Fallschirmjägereinheit zu uns gekommen war, fiel ihre Wahl auf einen von ihnen, Avner Sirota, den Helden der Vergeltungsaktion in Chirbat Dschawad, und nur zwei Monate später war sie bereits schwanger. Im Kibbuz reagierte man auf diese Verbindung mit Verwunderung und sogar Enttäuschung. Doch nach wie vor schätzte man Nina bei uns für ihre Aufmerksamkeit, die sie den anderen entgegenbrachte, auf ihre ruhige Art war sie immer bereit, jedem zu helfen, der Hilfe benötigte. Als Boas plötzlich Osnat verlassen hatte und zu Ariela Barasch gezogen war, hatte Nina einige Tage bei Osnat verbracht. Und als sich alle Frauen weigerten, mit Großmutter Slava zusammen auf der Küchenveranda Gemüse zu putzen, übernahm Nina diese Aufgabe. Joav hatte noch mit keinem darüber gesprochen, aber er hatte vor, der Vollversammlung vorzuschlagen, Nina für den Posten des Sekretärs zu wählen, wenn er aufhörte. Vielleicht war diese Nacht ja nichts anderes als eine vorübergehende Krise, und sie würde sich morgen wieder fassen. Sie war doch ein verantwortungsbewusster und vernünftiger Mensch, man zerstörte nicht einfach eine Familie, nur weil der Mann nachts schnarchte oder weil er darauf beharrte, sich mit der Radiosprecherin anzulegen.

Sie überquerten den Speisesaalvorplatz, der von einigen Laternen erhellt wurde, und liefen am Springbrunnen mit den Goldfischen vorbei Richtung Kinderhäuser. Vor dem Babyhaus trafen sie auf Zippora, die dort Nachtwache hatte. Sie war etwa fünfundfünfzig, vertrocknet, kantig und tief davon überzeugt, dass die jungen Leute den Kibbuz zerstörten. Zippora war überrascht, den Mann von Dana Karni und die Frau von Avner Sirota mitten in der Nacht zusammen über den Rasen spazieren zu sehen. Aber sie verbarg ihre Überraschung und sagte ohne ein Wort der Verwunderung: »Ich möchte euch nicht stören.« Trotzdem schlug sie ihnen vor, in der Babyküche zusammen mit ihr einen Imbiß zu sich zu nehmen. Nina sagte: »Nein, danke«, und Joav entschuldigte sich verlegen und stammelte zur Erklärung etwas von einer dringenden Angelegenheit, die keinen Aufschub dulde und die Nina noch heute Abend mit ihm besprechen müsse. Er wusste, dass diese Worte nichts nutzen würden. Schon morgen würden sie von Zippora direkt zu Roni Schindlin und zum Tisch der Klatschmäuler gelangen: Nun, ratet mal, wen unser Wachmann in der Nacht bewacht?

»Wir haben es eilig, wir müssen dringend etwas aus dem Sekretariat holen«, erklärte Joav, und im Weitergehen sagte er zu Nina: »Man wird morgen über uns reden. Der ganze Kibbuz wird reden.«

»Mir ist das egal, aber für dich tut es mir leid.«

»Und Avner?«

»Soll er eifersüchtig sein. Auch das ist mir egal.«

»Wenn wir den Schlüssel zum Zimmer der Gastdozenten geholt haben, begleite ich dich dorthin. Dann schläfst du erst einmal ein paar Stunden, und morgen werden wir mit klarerem Kopf über alles nachdenken.«

»Mein Kopf war nie klarer als jetzt.«

Als sie im Kibbuzsekretariat angekommen waren, hing der Schlüssel nicht wie sonst am Brett. Jetzt erst fiel Joav wieder ein, dass er ihn am Nachmittag einem Luftwaffenoffizier gegeben hatte, der gekommen war, um mit den Jungen und Mädchen zu sprechen, die in Bälde ihren Militärdienst antreten würden, und über Nacht im Kibbuz geblieben war.

Joav schaute Nina an, und sie schaute ihn an, mit einem klaren grünen Blick, der sagte: Es wird dir gelingen, mich angenehm zu überraschen. Sie standen dicht voreinander. Das Büro war ausgestattet mit zwei Schreibtischen, einfachen Stühlen, einer gepolsterten Bank und einem Stahlschrank voller Aktenordner. Das einzige Fenster war ohne Vorhang, und an der Wand hing eine

Luftaufnahme des Kibbuz mit allen umliegenden landwirtschaftlichen Nutzflächen. Bevor er die Augen vor Ninas Blick senkte, sah Joav noch eine kleine Falte über ihrer Oberlippe und dachte, diese Falte ist neu. Auch um ihre müden Augen waren winzige Fältchen. Er betrachtete ihre zarte Kinnlinie und ihre erbarmungslos kurzgeschnittenen hellen Haare. Sie wirkte stark, nicht schutzbedürftig, sondern sehr entschlossen. Plötzlich bedauerte er, dass sie nicht gebrochen wirkte. Nur mit Mühe unterdrückte er den Drang, sie an sich zu ziehen und zu umarmen. Oder ihren Kopf auf seinen Schoß zu legen. Eine Welle der Zuneigung überflutete ihn, doch er riss sich zusammen, denn er wusste, dass dies keine fürsorgliche Zuneigung war und genaugenommen gar keine Zuneigung.

»Du kannst heute Nacht hier auf der Bank schlafen«, sagte er. »Das ist zwar nicht besonders bequem, aber ich habe jetzt nichts anderes für dich. Willst du, dass ich dir eine Tasse Tee mache? Es gibt hier einen Wasserkessel und Tassen und sogar noch ein paar Kekse. Ich suche dir eine Decke und ein Kissen.«

»Danke. Decke und Kissen sind nicht nötig. Ich gehe nicht schlafen. Ich bin nicht müde. Lass mich einfach bis morgen früh hier sitzen.«

Joav schaltete den Heizlüfter und den Wasserkessel an und ging hinaus. Zehn Minuten später kam er mit einem Kissen und zwei Wolldecken zurück. Er stellte fest, dass Nina sich schon eine Tasse Tee gekocht hatte, ohne ihn zu fragen, ob er auch eine trinken wolle. Er blieb kurz in der Tür stehen, zögerte, und sein mageres Gesicht wurde rot, weil er gern geblieben wäre, obwohl ihm klar war, dass er jetzt gehen musste, und er wusste auch, dass er vor seinem Weggehen noch etwas sagen musste, ohne zu wissen, was er sagen sollte. Nina berührte mit den Fingerspitzen seine Schulter und sagte: »Danke.« Und dann sagte sie: »Mach dir keine Sorgen. Ich werde kurz vor sechs, noch bevor irgendjemand kommt, von hier verschwinden und wie üblich zur Imkerei gehen. Und ich werde alles aufgeräumt zurücklassen.«

Und als könnte sie seine Gedanken lesen, fügte sie hinzu: »Niemand wird erfahren, dass ich heute Nacht hier war.«

Joav zögerte, er zog die Schultern hoch und sagte: »Gut. Dann wäre es das vorerst. Gute Nacht.«

Und dann sagte er noch: »Versuch trotzdem, ein wenig zu schlafen.«

Er zog leise die Tür hinter sich zu, draußen klappte er seinen Mantelkragen hoch und lief mit großen Schritten den schlammigen Weg entlang, der an den Unterkünften der Soldaten vorbei zum Brutstall führte, denn es war schon ein Uhr nachts, und er musste dort das Thermometer kontrollieren. Er bedauerte, keine Taschenlampe dabeizuhaben. Die Kälte wurde schneidend, und der Wind nahm zu. Joav dachte an die Dunkelheit, die die Obstplantagen in diesen Winternächten erfüllte, und einen Moment lang spürte er den Drang, alles hinter sich zu lassen, den Wachdienst im Stich zu lassen, zu den Obstplantagen zu laufen und allein zwischen den winterlich kahlen Bäumen herumzustreunen. Jemand wartete irgendwo auf ihn, das spürte er, jemand wartete geduldig all die Jahre lang, wartete und wusste, selbst wenn es sich hinauszögerte, Joav würde irgendwann kommen. Eines Nachts würde er aufstehen und sich endlich auf den Weg machen. Aber wohin? Das wusste er nicht, und im Grunde hatte er Angst davor, es zu wissen.

Vom Brutstall aus ging er den Zaun entlang zum Kibbuztor, mit hochgeschlagenem Kragen, die Mütze tief über die Ohren gezogen, die Waffe über seiner Schulter. Als er auf seiner Runde beim Kinderhaus vorbeikam, ging er hinein, deckte seine Zwillinge gut zu und küsste beide leicht auf den Kopf, dann lief er von Bett zu Bett und deckte auch die anderen Kinder zu. Danach ging er zu sich nach Hause, zog vor der Tür die Schuhe aus und betrat auf Zehenspitzen das Zimmer, um das kleine Radio neben dem Bett auszumachen, bei dessen Klängen seine Frau eingeschlafen war. Dana schlief tief und fest, sie lag auf dem Rücken, und ihre dunklen Locken breiteten sich auf dem Kopfkissen aus. Vorsichtig zog er die Decke zurecht, berührte wie entschuldigend mit den Fingerspitzen eine Locke und ging leise hinaus.

Eine halbe Stunde lang lief er den Zaun entlang, dabei entdeckte er zwei defekte Laternen und nahm sich vor, morgen Nachum Ascherow, dem Elektriker, Bescheid zu sagen. Kurz vor zwei schaute eine Mondsichel zwischen den Wolken hervor, und bald darauf begann in dünnen, schrägen Streifen Regen zu fallen. Joav ging zum Babyhaus, um dort in der Küche mit Zippora eine nächtliche Tasse Kaffee zu trinken. Er legte seine Waffe vorsichtig auf den Küchenboden und setzte sich, zog aber den Militärmantel nicht aus und nahm die Mütze nicht ab. Zippora goss ihm einen schwarzen Kaffee ein, schmierte ihm zwei Brote mit Margarine und Marmelade und verkündete traurig: »Das wird nicht gut ausgehen, Joav, deine Geschichte mit Nina Sirota. Hör auf mich.«

»Ich habe nichts mit Nina Sirota. Sie hatte einfach ein dringendes Problem, und ich musste ihr helfen, es zu lösen. Bei uns ist ein Kibbuzsekretär auch mitten in der Nacht Kibbuzsekretär.«

»Es wird nicht gut ausgehen«, beharrte Zippora. »Ein verheirateter Mann läuft nicht mitten in der Nacht mit der Frau eines anderen herum.«

»Zippora, hör mir einen Moment zu: Bitte halte dich zurück und rede morgen nicht über mich und Nina, damit kannst du helfen, ein heikles familiäres Problem zu lösen. Du bist ein verantwortungsbewusster Mensch und verstehst bestimmt, dass du diskret sein musst, weil es sich um eine diskrete Angelegenheit handelt.«

»Was für ein familiäres Problem? Eines von dir oder von ihr? Oder von euch beiden?«

»Zippora, ich bitte dich, lass es.«

Doch als er die Küche verließ, wusste er, dass seine Worte nichts genutzt hatten, morgen würden er und Nina im ganzen Kibbuz das Gesprächsthema des Tages sein. Er würde die Geschehnisse dieser Nacht seiner Frau erklären müssen, die längst wusste, dass Joav früher einmal in Nina verliebt gewesen war. Das würde kompliziert und trübe werden.

Der Wind trieb am schwarzvioletten Himmel schwere, dunkle Wolken vor sich her. Eine tiefe Ruhe lag über dem Kibbuz. Die Laternen am Zaun gossen blasse gelbe Pfützen auf den Boden. Eine schien kurz vor dem Verlöschen, ihr Licht flackerte zögerlich. Joav ging leise an den Schatten der Büsche vorbei Richtung Scheune. Schlamm blieb an seinen Stiefeln kleben. Blind bist du, flüsterte er sich verzweifelt zu, blind und taub bist du. Er dachte daran, wie Nina, als er versprochen hatte, ihr ein Zimmer für die Nacht zu finden, mit beiden Händen seine Hand umfasst und fest gedrückt hatte. Du hättest ihren Wunsch verstehen und sie umarmen müssen. Sie hat dir ein Zeichen gegeben, und du hast das Zeichen ignoriert. Und im Sekretariat hat sie das Zeichen wiederholt, als sie deine Schulter berührte, und wieder hast du es ignoriert.

Seine Füße trugen ihn am Kultursaal und dem Kinderhaus vorbei, zurück zum Sekretariat. Er überquerte den Rasen vor dem Speisesaal. Wie träumend blieb er vor dem erleuchteten Bürofenster stehen. War sie vielleicht eingeschlafen, ohne das Licht auszumachen? Oder war sie noch wach? Auf Zehenspitzen schlich er näher und spähte durch das Fenster. Nina lag auf dem Sofa, die Wolldecke, die er ihr gebracht hatte, über sich gezogen, ihr heller Kopf ruhte auf dem Kissen, und ihre offenen Augen waren zur Decke gerichtet. Hätte er an die Scheibe geklopft, hätte sie sich erschreckt, und das wollte er nicht. Deshalb entfernte er sich leise, und stellte sich, die Waffe über der Schulter, in die Dunkelheit zwischen den Zypressen. Und kämpfte mit sich, ohne zu einer Entscheidung zu kommen.

Konnte er nicht einfach an die Tür klopfen und eintreten und sagen, ich habe gesehen, dass das Licht noch brennt, und ich bin nur hereingekommen, um nachzuschauen, ob du noch etwas brauchst. Oder: Ich bin hereingekommen, um zu sehen, ob du nicht frierst. Oder: Ich bin hereingekommen, um zu fragen, ob du vielleicht möchtest, dass wir ein wenig miteinander sprechen. Sie liegt die ganze Zeit mit offenen Augen hier, direkt auf der anderen Seite der Wand, dachte er, als wartete sie nur auf dich, und jetzt ist es schon nach zwei, und der ganze Kibbuz schläft tief.

Wieder näherte er sich dem erleuchteten Fenster, die Mütze über die Ohren gezogen, den Kopf leicht vorgeneigt, seine Brillengläser funkelten in der Dunkelheit, weil sich das Licht in ihnen spiegelte, sein Herz flog ihr zu, doch seine Beine waren wie festgewurzelt. Er hatte doch all die Jahre auf diesen Augenblick gewartet, warum erfüllte ihn nun statt Mut und Begehren ein Gefühl der Traurigkeit? Er bog leise um die Ecke und blieb kurz an der Eingangstür stehen, lauschte angestrengt und hörte nur das Rascheln des Windes in den Kiefern. Dann setzte er sich auf die Stufen vor der Tür, nahm seine Wollmütze ab und wartete, ohne sich zu rühren. Ungefähr eine halbe Stunde lang saß er so da und spürte, dass ihm etwas fast klarwurde, doch was es war, das wusste er nicht. Ein Schakal heulte in der Finsternis, und andere antworteten ihm verzweifelt aus der Richtung der Obstplantagen. Er nahm die Waffe, sein Finger fand den Abzugshahn, und nur mit einem letzten Rest Vernunft gelang es ihm, den Drang zu unterdrücken, in die Luft zu schießen und mit einer Gewehrsalve die Stille zu zerreißen.

Gegen halb vier erhob er sich und machte sich auf den Weg, um die Melker für die Frühschicht zu wecken. Dann machte er noch eine Runde entlang des Zaunes, ging quer über den Rasen zurück zum Speisesaal und schaltete dort den großen Wasserkessel für die Frühschicht an. Die Sonne würde erst nach sechs aufgehen. Sein Wachdienst endete um fünf, davor musste er noch einige Leute wecken, die auf seiner Liste standen. Es war sinnlos, auf den Sonnenaufgang zu warten, weil er ohnehin hinter der dichten Wolkendecke stattfinden würde. Er würde nach Hause gehen, duschen, sich hinlegen, die Augen zumachen und versuchen zu schlafen. Vielleicht würde ihm morgen endlich etwas klarwerden.

Deir Adschlun

Es war ein heißer, drückender Wüstenwindtag. Über uns wölbte sich ein schmutziggrauer Himmel, als hätte sich die Wüste erhoben und hinge nun über unseren kleinen Häusern. Feiner Sandstaub lag in der Luft, der sich auf der verschwitzten Haut von Stirn und Armen festsetzte und sie mit einer klebrigen, hellen Schicht bedeckte. Henja Kalisch, eine sechzigjährige Witwe, ging in der Mittagspause duschen. Sie verweilte einige Minuten lang unter dem starken Strahl kalten Wassers. Ihre Lippen waren immer fest zusammengepresst, und zwei bittere Falten zogen sich von ihren Mundwinkeln hinunter. Ihr Körper war kantig und flach wie der eines mageren Jungen, und ihre Beine waren überzogen von einem Netz blauer und rosafarbener Adern. Das kalte Wasser spülte den Staub ab und erfrischte ihre Haut, linderte aber nicht ihre bedrückte Stimmung. Nach dem Duschen trocknete sie sich mit wütenden Bewegungen ab, zog ihre graue Arbeitsbluse und die dunkelblauen Arbeitshosen wieder an und kehrte mit energischen Schritten zu ihrer Arbeit in der Kibbuzküche zurück. Sie hatte vor, noch an diesem Abend mit Joav Karni zu sprechen, dem Kibbuzsekretär, mit David Dagan, dem Lehrer, mit Roni und Lea Schindlin und mit weiteren einflussreichen Kibbuzmitgliedern, um ihre Unterstützung für die bei der Vollversammlung am Samstagabend anstehende Abstimmung zu gewinnen. Bronja und sie saßen auf der Küchenveranda auf ihren Hockern einander gegenüber und schnippelten schweißüberströmt Gemüse in einen großen Topf.

Bronja sagte: »Ihr braucht das gar nicht erst der Versammlung vorzuschlagen, Henja. Man wird euch den Kopf abreißen.«

Henja erwiderte: »Aber das ist doch eigentlich gut für alle. Es wird dem Kibbuz ermöglichen, die Warteliste für Studienanwärter zu kürzen.«

Bronja lachte auf und erklärte: »Dein Jotam ist hier nicht privilegiert. Keiner ist hier privilegiert. Außer den Privilegierten.«

Henja versuchte bei Bronja vorzufühlen, während sie den Schalenhaufen wegbrachte und einen neuen Korb Gemüse zwischen sie stellte: »Zumindest du, Bronja, wirst doch bei der Versammlung am Samstagabend für Jotams Antrag stimmen? Du wirst uns unterstützen, oder?«

»Wirklich? Warum sollte ich für ihn stimmen? Was war denn, als mein Selig vor sechs Jahren darum gebeten hat, für die Arbeit im Weinberg eingeteilt zu werden, habt ihr ihn da unterstützt? Ihr habt alle dagegen gestimmt. Alle Heuchler und Selbstgerechten zusammen. Später, bei seiner Beerdigung, habt ihr schöne Reden geführt.«

Henja sagte: »Der Topf ist schon voll. Man muss einen neuen anfangen.«

Dann sagte sie: »Mach dir keine Sorgen, Bronja. Auch ich habe ein langes Gedächtnis. Ein sehr langes.«

Die beiden Witwen fuhren fort, Gemüse zu schälen und kleinzuschneiden, in abgrundtiefem Schweigen und mit funkelnden Messern.

Nach der Arbeit kehrte Henja Kalisch in ihre Wohnung zurück, nahm wieder eine kalte Dusche und wusch sich ihre grau werdenden Haare. Diesmal zog sie nach dem Duschen ihre Feierabendsachen an, eine beigefarbene Bluse, einen glatten Baumwollrock und leichte Sandalen. Sie trank eine Tasse Kaffee, schnitt zwei Birnen in exakt gleich große Schnitze und aß sie langsam, spülte ihre Tasse und den Teller, trocknete sie ab und räumte sie wieder in den Geschirrschrank. Die Fenster und die Fensterläden waren wegen des Wüstenwindes geschlossen, die Vorhänge waren zugezogen. In der Wohnung war es dämmrig, und von dem geputzten Boden stieg ein angenehmer Geruch von Sauberkeit auf. Das Radio machte sie nicht an, weil sie sich über die blasierten Stimmen der Nachrichtensprecher ärgerte. Sie sprachen immer, als wüssten sie alles. Dabei, dachte Henja, wusste keiner etwas. Keiner liebte mehr seinen Nächsten. Am Anfang, in der ersten Zeit nach der Gründung des Kibbuz, waren alle eine Familie. Es stimmte, auch damals gab es zuweilen Zerwürfnisse, aber wir standen uns nahe. Jeden Abend saßen wir zusammen und sangen bis tief in die Nacht Lieder voller Leidenschaft und Sehnsucht. Und in den Nächten schliefen wir gemeinsam in Zelten, und wenn jemand im Schlaf sprach, hörten wir alle, was er sagte. Heute wohnen alle in getrennten Wohnungen, und einer krallt die Fingernägel in den anderen. Wenn du im Kibbuz von heute noch auf den Beinen stehst, warten alle darauf, dass du hinfällst, und wenn du hingefallen bist, dann stürzen sie herbei und wollen dir hochhelfen. Bronja ist ein Scheusal, nicht ohne Grund nennt der ganze Kibbuz sie Scheusal.

In Gedanken schrieb Henja einen Brief an ihren jüngeren Bruder Arthur, der seit einigen Jahren in Italien lebte und dort durch Geschäfte reich geworden war. Sie wusste nicht, welcher Art seine Geschäfte waren, aber sie hatte verschiedenen Hinweisen entnommen, dass es sich um Ersatzteile für Maschinen handelte, mit denen Waffen hergestellt wurden. 1947, am Vorabend des Unabhängigkeitskrieges, war Arthur von der Hagana nach Italien geschickt worden, mit Zustimmung der Vollversammlung des Kibbuz, um dort in geheimer Mission Waffen und Maschinen zur Waffenproduktion für den Staat zu organisieren, der noch nicht geboren war. Nach dem Unabhängigkeitskrieg zögerte er seine Rückkehr aus Italien immer weiter hinaus, ignorierte den Zorn der Kibbuzgemeinschaft und die Rüge der Vollversammlung, bis er schließlich seinen Austritt aus dem Kibbuz verkündete und sich in einem Vorort von Mailand niederließ, um von dort aus das Netz seiner Geschäfte weiterzuspinnen, die nach wie vor irgendwie im Dunkeln blieben. 1951 hatte er Henja ein Foto von sich und seiner neuen Frau geschickt, die fünfzehn Jahre jünger war als er, eine Italienerin, die auf dem Bild sanft und etwas geheimnisvoll wirkte, weil ihre dichten schwarzen Haare ihre Augen verschatteten und eine ihrer Wangen zusätzlich von ihrer Hand verdeckt wurde. Ein paarmal hatte er Henja auch kleine Geschenke gesandt.

Vor zwei Wochen war ein Brief von Arthur eingetroffen, in dem er anbot, Jotam ein Maschinenbaustudium am Polytechnikum in Mailand zu finanzieren. Jotam könne bei ihm und Lucia wohnen, sie hätten ein geräumiges Haus, und er, Arthur, würde vier Jahre lang für Jotams Studium und Lebensunterhalt aufkommen. Sag ihnen dort im Kibbuz, hatte Arthur geschrieben, dass ich ihnen viel Geld spare, denn wenn Jotam an der Reihe wäre, müssten sie ihm ohnehin ein Studium bezahlen. Mit dem ersparten Geld könnten sie einen anderen jungen Mann zum Studium schicken. Und auch dich, Henja, hatte er noch geschrieben, werde ich ein- oder zweimal im Jahr zu uns einladen.

Einmal, als Jotam ungefähr sechs Jahre alt gewesen war, war sein Onkel Arthur zu Besuch gekommen. Er fuhr ein Motorrad der Hagana und drehte mit Jotam eine Runde durch den Kibbuz. Alle anderen Kinder hatten ihm voller Neid und Bewunderung zugeschaut, wie er sich fest an den kräftigen Rücken des Onkels geklammert hatte. Danach hatte ihn sein Onkel, der einen angenehmen, scharfen Geruch von Pfeifentabak verströmte, hochgehoben und gesagt: »Du sollst wachsen und gedeihen und ein guter Soldat werden.«

Jotam war ein braungebrannter, kräftiger Junge, klein

und stämmig, mit einem runden Kopf und kurzrasierten Haaren. Er hatte große, breite und sehr starke Hände. Sein Gesicht war nicht schön, aber wenn man ihn ansprach, wurde es von einem sanften Staunen überzogen, als löste jedes Wort bei Jotam Verblüffung aus. Ein abgebrochener Schneidezahn und seine Ringerstatur verliehen ihm ein streitlustiges Aussehen. Aber im Gegensatz zu seiner Erscheinung war Jotam ein schüchterner junger Mann, er war wortkarg, manchmal allerdings gab er plötzlich eine merkwürdige Verallgemeinerung von sich. Bei uns hieß er nur der Philosoph, weil er einmal aus seinem Schweigen heraus erklärt hatte, der Mensch sei grundsätzlich ein deformiertes Geschöpf. Ein andermal sagte er beim Abendessen im Speisesaal, zwischen den Menschen, den Tieren, den Pflanzen und der unbelebten Materie gebe es mehr Ähnlichkeiten als Unterschiede. Roni Schindlin bemerkte dazu hinter Jotams Rücken, Jotam Kalisch selbst sehe tatsächlich einer Kiste oder einem Pappkarton ziemlich ähnlich.

Ein halbes Jahr bevor der Brief mit dem Angebot seines Onkels Arthur eintraf, hatte Jotam seinen Militärdienst beendet und angefangen, in den Obstplantagen zu arbeiten. Bei dieser Arbeit tat er sich nicht hervor, er hatte etwas Verschlafenes an sich, aber die anderen

Arbeiter waren beeindruckt von seiner physischen Kraft und seiner Bereitschaft, länger zu arbeiten, wann immer es nötig war. Nach der Ankunft des Briefes zögerte Jotam zwei, drei Tage, dann sagte er abends vor dem Essen zu seiner Mutter, mit einer so leisen Stimme, als wäre es ein Schuldbekenntnis: »Ja, ich will, aber nur, wenn die Vollversammlung des Kibbuz zustimmt.«

Henja sagte: »Es wird schwer sein, eine Mehrheit zusammenzubekommen. Man muss mit lauter Neid und Missgunst rechnen.«

Roni Schindlin sagte an seinem Tisch im Speisesaal: »Gekommen ist die Zeit der Liebe, der Liebe der Onkel. Es wäre nicht schlecht, für jeden von uns einen reichen Onkel in Italien zu organisieren. Dann könnten wir unsere jungen Leute auf Kosten der Onkel zum Studium schicken, und damit hätte es sich.«

David Dagan, der Lehrer, beschied Henja, seiner Meinung nach müsse man aus drei Gründen gegen Jotams Antrag stimmen. Erstens aus dem prinzipiellen Grund, dass jeder junge Mann und jedes junge Mädchen nach dem Militärdienst mindestens drei Jahre im Kibbuz arbeiten müsse, erst danach könne man vielleicht über ein Studium sprechen. Sonst werde es hier bald niemanden mehr geben, um die Kühe zu melken. Zweitens würden derartige Geschenke von Verwandten das Prinzip der Gleichheit ernsthaft gefährden. Und drittens sollten die jungen Leute etwas lernen, was dem ganzen Kibbuz nütze. Mit Maschinenbau könne man hier nichts anfangen. Es gebe schon zwei Mechaniker, das sei genug, der Kibbuz benötige nicht zusätzlich noch einen diplomierten Professor.

Vergeblich versuchte Henja, David Dagan mit dem Argument zu erweichen, die jungen Leute hätten ein Recht auf Selbstverwirklichung.

David Dagan lachte nur und erklärte: »Das ganze Gerede von Selbstverwirklichung, das ist doch nur Verzärtelung, kein Argument. Gib mir nur einen Moment, und lass uns gemeinsam Ordnung in die Sache bringen. Entweder wir arbeiten hier alle, ohne Ausnahme, acht Stunden am Tag, sechs Tage in der Woche, oder es wird keinen Kibbuz mehr geben.«

Am frühen Abend ging Henja zu Joav Karni, dem Kibbuzsekretär, und sagte, sie wolle alle Karten auf den Tisch legen. Wenn die Vollversammlung am Samstagabend Jotam nicht erlauben würde, auf Einladung seines Onkels Arthur zum Studium nach Italien zu fahren, sei zu befürchten, dass Jotam auch ohne Zustimmung fahren würde. »Wollt ihr ihn wirklich verlieren? Macht euch das gar nichts aus?« Dieses Ultimatum stellte Henja aus eigenem Antrieb, denn Jotam hatte ihr im Gegenteil ausdrücklich gesagt, er wolle nur mit Zustimmung des Kibbuz die Einladung seines Onkels Arthur annehmen.

Joav Karni fragte: »Warum bist du es, die zu mir kommt, Henja? Warum kommt Jotam nicht selbst, um mit mir zu sprechen?«

»Du kennst Jotam doch. Ein in sich gekehrter Junge. Verschlossen. Er hat Hemmungen.«

»Wenn er mutig genug ist, um in Italien zu studieren, ohne Freunde und ohne die Sprache zu sprechen, sollte er auch genug Mut aufbringen, selbst zu mir zu kommen, da kann er nicht seine Mutter schicken.«

»Ich werde ihm sagen, dass er zu dir kommen soll.«

»Ja, das soll er. Ich fürchte nur, dass er von mir nicht das zu hören bekommt, was er hören möchte. Ich bin gegen Privatinitiativen und private Finanzierungen im Kibbuzleben. Jotam muss warten, bis er an der Reihe ist, und dann wird der Ausbildungsausschuss zusammen mit ihm beschließen, was er lernen soll und wann und wo. Wenn die Zeit gekommen ist und sich der Onkel an den Kosten beteiligen will, werden wir über seinen Antrag abstimmen. Das ist unser Weg. So sind die Regeln. Aber sag ihm, er soll zu mir kommen, und ich verspreche dir, dass ich ihm zuhöre und ihm dann geduldig alles erkläre. Jotam ist ein verständiger Junge, und ich bin sicher, dass er unseren Standpunkt versteht und aus freien Stücken seinen Antrag zurückzieht.«

Ein dumpfer Geruch von Pflanzenschweiß erfüllte den Kibbuz, und die heiße Luft war voller Sandstaub. Die Ficusbäume, die Kiefern, die Myrtensträucher, die Bougainvilleen, die Ligusterhecken, die Rasenflächen und die Rosen, alle schienen unter der drückenden, unbeweglichen Hitze in der Dunkelheit zu ächzen. Von den Ruinen des verlassenen arabischen Dorfes Deir Adschlun auf den Hügeln wehte ein trockener Windstoß den kratzigen Geruch von verbranntem Dornengestrüpp herüber. Vielleicht brannten dort noch immer Feuer.

Jotam wohnte in der Siedlung der Soldaten und der Reservisten. Um neun Uhr abends trat Henja, ohne vorher anzuklopfen, in Jotams Zimmer. Sie verkündete ihm, die Vollversammlung am Samstagabend werde vermutlich seinen Antrag ablehnen. Man werde Onkel Arthur wohl mitteilen, wenn er willens sei, etwas für die Ausbildung der jungen Leute des Kibbuz Jikhat zu tun, könne er ja dem Ausbildungsausschuss Geld spenden.

»Sie sind Fanatiker, alle«, sagte Henja, »und neidisch und missgünstig.«

Und Jotam sagte: »In Ordnung.«

Dann fügte er hinzu: »Danke.«

Und nach einem langen Schweigen sagte er noch: »Du hättest nicht zu ihnen gehen sollen, Mutter. Schade, dass du es getan hast. Maschinenbau ist sowieso nichts für mich.«

Es war drückend heiß und stickig im Raum. Moskitos summten, und um die nackte Glühbirne an der Decke flatterten zwei, drei Nachtfalter. Die Hitze des Tages hatte das Blechdach aufgeheizt, und auch durch das offene Fenster drang keine kühlere Luft. In Jotams Zimmer standen ein Eisenbett, ein grün angestrichener Holztisch, ein Kasten mit einem Vorhang, der als Schrank diente, und zwei, drei Korbhocker, und auf dem Boden lag eine Strohmatte. In einer Ecke stand ein Ventilator und versuchte vergeblich, die Luft aufzuwirbeln. Vom Fenster aus waren die Hügel zu sehen, hinter denen sich die Ruinen des arabischen Dorfes Deir Adschlun verbargen. Mutter und Sohn waren beide schweißüberströmt. Sein kurzrasierter Kopf, seine muskulösen Schultern, sein breiter, braungebrannter Oberkörper im blauen Trägerhemd und der abgebrochene Schneidezahn gaben ihm einen Anschein von Aggressivität, die überhaupt nicht in ihm war. Seine riesigen Hände lagen schwer auf seinen nackten Knien. Er saß auf seinem ungemachten Bett, und seine Mutter auf einem der Hocker. Jotam bot ihr kaltes Wasser aus dem arabischen Tonkrug an, der unter dem Fenster stand, aber Henja lehnte mit einer Handbewegung ab, als verscheuchte sie eine Fliege.

»Geh und sprich mit Joav. Ich glaube nicht, dass es zu etwas Gutem führt, ich habe schon mit ihm gesprochen, aber trotzdem solltest du es versuchen.«

»Ich werde nicht mit Joav sprechen, Mutter, es hat keinen Sinn. Sie werden mich nie im Leben fahren lassen.«

Nach einem kurzen Schweigen fügte er hinzu: »Ich möchte schon gern nach Italien fahren. Oder nicht unbedingt nach Italien. Ich möchte wegfahren. Aber es passt nicht zu mir, Maschinenbauingenieur zu werden. Das ist nichts für mich.«

»Aber du möchtest doch studieren, oder nicht? Und Arthur bietet dir ein Studium auf seine Kosten an.«

»Was ich möchte, ist einfach, ein paar Monate lang nicht hier zu sein. Vielleicht ein Jahr. Vielleicht zwei. Und dann sehen wir weiter.«

»Du möchtest den Kibbuz verlassen?«

»Keine Ahnung. Ich habe nicht gesagt, dass ich ihn verlassen will. Ich habe gesagt, ich will wegfahren. Mal sehen. Ich weiß nur, dass es mir recht wäre, nicht hier zu sein, zumindest für einige Zeit.«

»Erinnerst du dich überhaupt an Arthur?«

»Nein. Fast nicht. Ich erinnere mich nur, dass er die ganze Zeit Witze erzählt und Pfeife geraucht hat. Und dass er mir einmal Rollschuhe geschenkt hat, und der Erziehungsausschuss dann beschlossen hat, sie sollten allen Kindern gehören. Und ich weiß, dass der ganze Kibbuz böse auf ihn ist, seit er sich damals geweigert hat, zurückzukommen, und für immer in Italien geblieben ist.«

Henja sagte: »Dein Bruder Gideon hat nach dem Militärdienst drei Jahre auf den Feldern gearbeitet, geheiratet, ein Kind in die Welt gesetzt und gewartet, bis er an der Reihe war und der Kibbuz ihn geschickt hat, um am Ruppin-Institut Agrarwirtschaft zu studieren. Aber du wirst nicht warten. Du kannst jetzt wegfahren, und du wirst es auch tun. Was kümmert es dich, was die Versammlung beschließt. Du wirst als Ingenieur wiederkommen, und alle werden vor Neid platzen. Oder du wirst nicht zurückkommen.«

»Ich halte es hier nicht mehr aus, Mutter. Arthur lädt

mich ein, und ich fahre. Unter der Bedingung, dass die Versammlung zustimmt. Nur ohne Maschinenbau.«

Henja sagte: »Die Versammlung wird nicht zustimmen. Die Stimmung ist bösartig.«

Ein Geruch von Orangenschalen und von Mist wehte vom Kuhstall herüber und erfüllte das Zimmer. Eine Mücke summte durchdringend neben Henjas Ohr. Sie versuchte, sie zu erschlagen, traf aber nur sich selbst. Dann sagte sie: »Schließlich weißt du selbst nicht, was du willst. Geh morgen zum Sekretariat und sprich mit Joav Karni. Joav ist ein umsichtiger Mann. Vielleicht findet er eine Lösung.«

Jotam wollte nicht mit dem Kibbuzsekretär sprechen. Eigentlich wollte er mit niemandem sprechen. Auch nicht mit seiner Mutter. Er wollte nur weg. Zwei-, dreimal war er gegen Abend allein in den Ruinen von Deir Adschlun herumgestreunt, fast eine Stunde lang. Er war in die zerstörte Moschee und das Haus des Scheichs gegangen, das mit Dynamit gesprengt worden war, und hatte nichts gefunden, denn er hatte nicht gewusst, was er suchte, und war bedrückt zum Kibbuz zurückgegangen. Er hatte den unbestimmten Drang, noch einmal hinzugehen und die Ruinen von Deir Adschlun genauer zu untersuchen, als wäre dort unter all den Steinbrocken oder im zugeschütteten Brunnen eine einfache Antwort verborgen. Aber auf welche Frage, das wusste er nicht.

Manche bei uns sagten, Jotam Kalisch sei hoffnungslos in Nina Sirota verliebt, die fünf oder sechs Jahre älter war als er und sich vor einigen Monaten von ihrem Mann getrennt hatte. Nachdem sie aus ihrer Wohnung in das Zimmer gezogen war, das ihr der Wohnungsausschuss in der Siedlung 3 zugeteilt hatte, kam Jotam eines Tages nach der Arbeit in den Obstplantagen und grub, ohne ein Wort zu sagen, den kleinen Garten vor ihrer neuen Behausung um. Mehr als einmal hatten wir beobachtet, wie er vor dem Speisesaal stand und wartete, bis sie herauskam, und ihr dann folgte, bis ihn der Mut verließ, er in einen Seitenweg abbog und verschwand. Fast nie wagte er es, sie anzusprechen, aber manchmal ging er abends in die Schreinerei und bastelte Spielsachen für ihre Kinder. In seinen riesigen Händen sahen die Sachen aus wie Miniaturen. Als am Schwarzen Brett vor dem Speisesaal die Liste für Sonderschichten am Schabbat aufgehängt wurde, fiel uns auf, dass Jotam wartete, bis Nina sich eingetragen hatte, dann schrieb er auch seinen Namen unter das Datum, das Nina gewählt hatte. Doch bei der Arbeit selbst sprach er sie nicht an. Ein einziges

Mal fasste er Mut und fragte sie zwischen den Reihen der Weinstöcke: »Ist dir heiß, Nina?«

Und sie antwortete lächelnd: »Alles in Ordnung, danke.«

Sie war immer freundlich zu ihm. Wenn sie sich irgendwo zufällig trafen, grüsste sie ihn und fragte, wie es ihm gehe, wie es seiner Mutter gehe und was sich in den Obstplantagen tue. Doch sie begegnete nicht nur Jotam mit Freundlichkeit, sondern auch allen anderen, sogar den Kindern. Und jeden erfüllte ein angenehmes, warmes Gefühl, wenn sie lächelnd ein paar einfache Worte zu ihm oder ihr sagte, wie zum Beispiel: Guten Abend, wie geht es dir, was gibt es Neues?

Roni Schindlin sagte: »Herzlichen Glückwunsch. Noch ein gebrochenes Herz. Die Raupe hat sich in den Schmetterling verliebt.«

Wir schätzten Nina für ihren unabhängigen Geist und für ihre Standhaftigkeit, mit der sie immer wieder unerschrocken gegen die allgemein herrschende Gesinnung opponierte. Sie führte die immer größer werdende Gruppe der Mütter an, die dagegen ankämpften, dass die Kinder gemeinsam im Kinderhaus schlafen mussten, und wollten, dass die Kinder die Nacht über bei ihren Eltern sein durften. David Dagan sah darin eine fundamentale Bedrohung der Kibbuzprinzipien, und die meisten alten Mitglieder teilten seine Ansicht. Nina brachte ein umstürzlerisches Element in die Versammlungen, ein Element ständiger Unruhe. Zuweilen unterstützte Joav Karni, der Kibbuzsekretär, sie bei der einen oder anderen Angelegenheit, zum Leidwesen der Konservativen. Sie arbeitete allein in der Imkerei, die sie zu einem der einträglichsten Produktionszweige des Kibbuz Jikhat gemacht hatte. Bei den Vollversammlungen kämpfte sie oft für ihren Standpunkt, dass die Männer einen größeren Anteil an der Arbeit im Dienstleistungsbereich übernehmen müssten, in der Küche, in der Wäscherei, in den Kinderhäusern, um den Frauen so die Freiheit zu geben, auch auf den Feldern zu arbeiten. Als sie ihren Mann Avner Sirota verließ, sagten manche: »Diese Frau kann immer nur alles kaputtmachen.« Andere sagten: »Diese Frau hat beschlossen, die Oppositionsführerin im Kibbuz Jikhat zu werden.« Und noch andere sagten: »Was glaubt sie denn, wer sie ist.«

Zwischen Nina Sirota und dem Kibbuzsekretär Joav Karni herrschte seit der Nacht, als er Wachdienst gehabt hatte, eine vorsichtige Zuneigung und große wechselseitige Aufmerksamkeit. Er beriet sich manchmal mit ihr über Fragen, die auf der Agenda des Kibbuz standen. Dabei akzeptierte er nicht jeden ihrer Standpunkte, doch ihre Ansichten, fand er, zeichneten sich immer durch Originalität, gedankliche Klarheit und Geradlinigkeit aus.

Am Donnerstag sah er sie gegen Abend auf einer Bank am Rand des Rasens sitzen und auf ihre Kinder aufpassen, die im Sandkasten spielten. Er setzte sich neben sie, und beide wechselten ein paar Sätze über die Hitze und über die technischen Probleme im Schwimmbad. Dann sagte Nina, als könnte sie seine Gedanken lesen, dass man bei der Versammlung am Samstagabend versuchen sollte, eine Lösung für die Sache mit Jotams Reise zu finden. Schließlich würde der Kibbuz ihn eines Tages sowieso zum Studieren schicken. Und nun, anlässlich der Einladung seines Onkels, könnte man ihn auf der Warteliste vielleicht vorziehen, unter der Bedingung, dass er einen Beruf erlernte, den der Kibbuz gemeinsam mit ihm aussuchen würde, statt des für uns überflüssigen Berufs eines Maschinenbauingenieurs, den sein Onkel ausgesucht hatte.

Joav fragte: »Zum Beispiel?«

Und Nina antwortete: »Zum Beispiel Tiermedizin. Schließlich haben wir Kühe und Schafe und Hühner. Ganz abgesehen von den Haustieren der Kibbuzmitglieder. Mindestens einmal in der Woche muss ein Veterinär zu uns kommen. Tiermedizin kann man auch in Italien studieren. Und Jotam wird dann nach dem Studium zurückkommen und hier im Kibbuz Jikhat als Tierarzt für uns und die umliegenden Kibbuzim arbeiten.« Und sie fügte hinzu: »Ich glaube, der Beruf des Veterinärs würde sehr gut zu ihm passen.«

Joav dachte über ihre Worte nach, zuckte mit den Schultern und sagte, das könne man möglicherweise, auch wenn es nicht leicht würde, der Vollversammlung vorzuschlagen versuchen, aber nur unter der Bedingung, dass Jotam bereit wäre, sein Studium in Italien um zwei Jahre zu verschieben, bis er an der Reihe sein würde, eine Ausbildung machen zu dürfen.

Nina erwiderte: »Ein Jahr?«

Joav schüttelte den Kopf, wollte etwas antworten, zögerte aber und sagte dann nach einem kurzem Schweigen schließlich: »Man kann es versuchen. Ich werde mit ihm sprechen. Das Problem ist, dass seine Mutter den ganzen Kibbuz unter Druck setzt und dadurch alle gegen ihn aufbringt. Und ein weiteres Problem ist, dass alle aus der älteren Generation noch immer wütend auf Arthur sind, der ihrer Meinung nach damals, während seiner Zeit als Abgesandter, aus dem

Kibbuz desertiert ist. Ich glaube, Jotam ist ein bisschen in dich verliebt, oder? Vielleicht versuchst du, mit ihm zu sprechen.«

»Ich mag ihn auch sehr gern. Aber ich bin nicht sicher, ob er möchte, dass ich mit ihm in dieser Sache spreche. Ich glaube, ich würde ihn nur in große Verlegenheit bringen. Es ist besser, dass du mit ihm sprichst. Ist dir aufgefallen, dass er keine Freunde hat?«

Joav sagte: »Das ist bei uns schwer zu wissen. Alle sind *Chaverim**, aber nur wenige sind miteinander befreundet. Ich zum Beispiel habe hier nur zwei, drei wirkliche Freunde. Solche, mit denen man sich, auch ohne ein Wort zu sagen, versteht und wohlfühlt. Ich denke, mehr hast du auch nicht.« Er hätte ihr gern gesagt, dass das, was zwischen ihm und ihr war, einer Freundschaft sehr nahekam, doch er zögerte und verzichtete darauf.

»In zehn oder zwanzig Jahren«, sagte Nina, »wird sich der Kibbuz in einen Ort von größerer Ruhe und Gelassenheit verwandelt haben. Jetzt sind alle Sprungfedern noch bis zum Äußersten gespannt, und der ganze Apparat zittert vor Anstrengung. Die Veteranen aus der

* *Chaverim* [hebr.]: Freunde; auch: Genossen; Mitglieder.

Gründergeneration sind eigentlich fromme Menschen, die die Religion verlassen und sich eine neue Religion geschaffen haben, voller Sünden und Vergehen, Verboten und Geboten. Sie haben im Grunde nie aufgehört, orthodox zu sein, sie haben nur die eine Frömmigkeit gegen eine andere getauscht. Marx ist ihr Talmud, die Vollversammlung ist ihre Synagoge, und David Dagan ist der Rabbiner. Es gibt hier einige, die ich mir leicht mit Bart und Schläfenlocken oder einem züchtigen Häubchen auf dem Kopf vorstellen kann. Aber die Zeiten werden sich nach und nach ändern, und statt der Orthodoxen werden Menschen wie du kommen, Joav, die gelassener sind als die Veteranen der Gründergeneration, Menschen, die Geduld und Zweifel und Erbarmen haben.«

»Aber du siehst mich vollkommen falsch, Nina. Ich habe auch Prinzipien, an denen ich festzuhalten versuche. Auch in meinen Augen kann es keinen Kibbuz ohne Rahmen, Regeln und Prinzipien geben. Tiermedizin, ja, vielleicht ist das eine gute Idee. Das passt auch viel besser zu Jotam als Maschinenbau. Ja. Vielleicht. Aber nicht jetzt. In zwei Jahren. Wenn er an der Reihe ist zu studieren. Das kann ich vielleicht bei der Versammlung am Samstag vorschlagen. Kein Maschinenbaustudium und nicht jetzt gleich, sondern Tiermedizin in zwei Jahren.«

»In einem?«

»Das wird schwer werden. Es wird in der Versammlung zu einer Entscheidungsschlacht kommen. David Dagan wird sich auf die Hinterbeine stellen. Die älteren Kibbuzmitglieder werden aus Prinzip dagegen sein, die finanzielle Unterstützung des Onkels anzunehmen, sie verabscheuen Arthur, und die Jüngeren werden sich wohl spalten, die einen werden dafür, die anderen dagegen stimmen. Es wird schwer und kompliziert werden, Nina.«

Am Samstag, dem Tag, an dem in der Vollversammlung über Jotams Studium in Italien diskutiert und abgestimmt werden sollte, erschien David Dagan morgens in Jotam Kalischs Zimmer. Jotam war spät aufgewacht und noch immer in Unterhemd und Unterhose. Er zog mit seinen riesigen Händen das Laken über seinen Unterkörper, um seine morgendliche Erektion zu verbergen. David Dagan trug eine gebügelte Khakihose und ein kurzärmliges hellblaues Hemd, in dessen Brusttasche drei Kugelschreiber strammstanden. Seine Haltung war sehr aufrecht, fast militärisch, die kräftigen, eckigen Schultern waren nach hinten gedrückt. Seine silbrigen Haare waren etwas wirr, nicht wirklich wild, sondern auf eine maßvolle Art verwegen. David, der vor Jahren Jotams Erzieher im Schülerwohnheim gewesen war, wünschte ihm einen schönen Schabbat und setzte sich auf den Rand des zerwühlten Bettes. Jotam zögerte, schlüpfte dann unbeholfen im Schutz des Lakens in seine Arbeitshose, die er vom Boden gefischt hatte, und beugte sich vor, um den Ventilator anzuschalten. David schaute prüfend zu, und als Jotam dann vor ihm stand, deutete er auf einen der Korbhocker. Jotam gehorchte und setzte sich.

»Ich mache mir Sorgen«, eröffnete David Dagan ohne Umschweife das Gespräch, »um Henja. Sie wird das alles nur schwer überstehen. Du hast deine Mutter in eine schwierige Situation unserer Gemeinschaft gegenüber gebracht.«

Jotam schwieg und schaute aus dem Fenster.

»Und dabei hat man mir gesagt, dass du ein ausgezeichneter Plantagenarbeiter bist.«

Jotam schwieg weiter.

»Du willst Maschinenbauingenieur werden?«

»Nein, eigentlich nicht, aber …«

»Aber es ist dir hier zu eng und stickig, die große Welt

lockt dich«, sagte David, ohne Fragezeichen am Schluss seiner Worte. »Du wirst dich wundern, auch mich lockt die große Welt. Ich würde gern mal Rom sehen, Florenz, Venedig, Neapel.«

Jotam zog die Schultern hoch.

David legte ihm eine Hand aufs Knie und sagte ruhig: »Aber jeder Jude, dessen Generation die Shoah und die Aufbaujahre des Staates Israel erlebt hat, jeder einzelne von uns muss sich als Mensch sehen, der seine Pflicht zu tun hat. Es sind die kritischsten Jahre in der Geschichte des jüdischen Volkes.«

Jotam sagte: »Es ist so: Ich kann nicht mehr. Ich bekomme keine Luft.«

David schwieg und betrachtete Jotam neugierig und freundlich. Schließlich sagte er: »In Ordnung. Dann fahr.« Und er fügte hinzu: »Gib mir nur einen Moment, um Ordnung in die Sache zu bringen. Ich habe beschlossen, heute Abend der Vollversammlung vorzuschlagen, dass man dir einen Sonderurlaub von zwei, drei Wochen gewährt, unter Berücksichtigung einer persönlichen Krise. Fahr nach Italien. Fahr zu deinem Onkel. Hol ein wenig Luft. Du wirst danach mit frischer Kraft zu deiner Arbeit zurückkehren.«

Jotam versuchte etwas zu sagen, aber David Dagan

legte ihm väterlich die Hand auf die Schulter und unterbrach ihn: »Denk bitte darüber nach. Denk bis heute Abend darüber nach.«

Und beim Hinausgehen sagte er noch: »Zwinge die Versammlung nicht, heute Abend die Tür vor dir zuzuschlagen, Jotam, und besonders nicht vor Henja. Denk in Ruhe über meinen Vorschlag nach. Und entscheide dich bitte bis heute Abend.«

Um zwei Uhr nachmittags, als der Himmel sich wieder schmutziggrau über den Kibbuz wölbte und die heiße Wüstenwindluft alles unter sich erdrückte, verließ Jotam sein Zimmer und durchquerte die Siedlung 3 Richtung Ställe. Der Kibbuz war menschenleer, denn alle genossen die Schabbatmittagsruhe. Er traf nur auf einen durstig hechelnden Hund. Jotam blieb kurz stehen und drehte für ihn einen Wasserhahn in einem der Gärten auf. Der Hund trank geräuschvoll, sein Kopf und seine Schnauze wurden unter dem Wasserstrahl nass, dann schüttelte er sich, dass die Tropfen durch die Luft sprühten, wedelte mit dem Schwanz und knickte in den Vorderbeinen ein, als wollte er sich verbeugen. Jotam streichelte ihn zerstreut und ging weiter. Die kleinen Rasenstücke vor den Häusern waren unter der Hitze zusammengesunken, und die Bäume wirkten leblos, weil kein Windhauch sie bewegte.

Als er an Nina Sirotas Zimmer vorbeikam, beschleunigte er seine Schritte und hoffte, sie würde nicht zufällig gerade jetzt herauskommen, und zugleich hoffte er, sie würde gerade jetzt aus der Tür treten und mit ihm über Italien sprechen und ihn vielleicht verstehen. Obwohl er eigentlich überhaupt nicht wusste, was er sagen sollte. Der ganze Kibbuz sprach über seinen Antrag, ihn nach Italien reisen zu lassen. Heute Abend würde ihm der Sekretär in der Vollversammlung das Wort erteilen, dreihundert Augenpaare würden ihn zornig anschauen, und noch immer hatte er keine Ahnung, was er sagen sollte. Und wenn Nina jetzt herauskommen würde? Was könnte er ihr sagen?

Zwischen den Kuhställen türmten sich Gärfutterhaufen, und auf dem sandigen Boden lagen alte Reifen und Metallschrott, zusammen mit einigen verrosteten Milchkannen, die aussortiert worden waren. Brennnesseln, Kletten und Ackerwinde wuchsen zwischen den Ställen, und in diesem Gestrüpp hatten sich vergilbte Zeitungsfetzen verfangen. Jotam ging an den Ställen vorbei zum rückwärtigen Tor des Kibbuz, das wir Misttor nannten. Er ging auf der Straße, die zwischen einem gepflügten Feld rechts und einem Weinberg links entlangführte. Wegen des heißen Wüstenwindes waren das Feld und der Weinberg grau vom Sand, und Jotam spürte, wie der feine Sandstaub durch seine Kleider drang und an seinem verschwitzten Körper kleben blieb. Nicht der kleinste Windhauch bewegte die stickige Luft. Als er am Friedhof vorbeikam, überlegte er einen Moment, ob er zum Grab seines Vaters gehen sollte, der an einer Nierenerkrankung gestorben war, als Jotam elf Jahre alt gewesen war. Dann aber begnügte er sich damit, fünf Minuten auf der Bank am Eingang zum Friedhof zu sitzen. Er dachte an seinen Vater, der einer der Kibbuzgründer gewesen war und sein Leben lang im Kleinviehstall gearbeitet hatte. Im Unabhängigkeitskrieg war er in der Nacht schwer verwundet worden, als Araber von Deir Adschlun und benachbarten Dörfern heruntergekommen waren und den Kibbuz Jikhat abgebrannt hatten. Nach sechs Wochen nahm der Krieg eine Wendung, und Deir Adschlun wurde von der israelischen Armee zerstört, alle Einwohner wurden verjagt, und ihre Felder unter den umliegenden Kibbuzim aufgeteilt. Dann dachte er auch an seinen Onkel, der es gewagt hatte, sich den Beschlüssen der Versammlung zu widersetzen und jeden Kontakt mit dem Kibbuz und dem Staat abgebrochen hatte. Arthur hatte sich nach dem Ende des Unabhängigkeitskriegs geweigert, weiter zu dienen, und sich stattdessen ein Leben nach seinem eigenen Willen und nur nach seinem eigenen Willen aufgebaut. Auch ich kann einfach von hier weggehen und mir ein Leben nach meinem eigenen Willen aufbauen. David Dagan hatte erklärt, jeder Jude, dessen Generation die Shoah und die Aufbaujahre des Staates Israel erlebt habe, jeder einzelne von uns müsse seine Pflicht tun. Auf diese Forderung fand Jotam in sich keine Antwort. Doch da kam ihm plötzlich der biblische Ausdruck in den Sinn: »und sein Ort kennt ihn nicht mehr«. Er stand auf und ging etwa zwanzig Minuten den gewundenen Pfad hinauf zu den Hügeln. Ihm schien, hier in den Hügeln sei die Hitze weniger grausam als unten in der Ebene. Aber das Dornengestrüpp, die Kakteen, die nackten Felsen funkelten vor Hitze, und Jotam hatte das Gefühl, in Schweiß zu baden. Seine Kehle war trocken und rau. Seine Füße in den offenen Sandalen waren von Staub überzogen.

Um drei Uhr nachmittags, als die mörderische Sonne Staub und Steine zum Kochen brachte, erreichte Jotam die Ruinen von Deir Adschlun. Ungefähr vierzig Minuten streifte er dort umher, berührte die Mauerreste der Moschee, bückte sich und hob ein Tonstück auf, das einmal Teil eines Wasserkruges gewesen war. Dann lief er weiter über die Wege, die voller Tonscherben und Dornen waren. Er stolperte beinahe über einen halb von Erde bedeckten Mühlstein. Eine erschrockene Eidechse oder Agame rannte schräg vor seinen Füßen vorbei. Und plötzlich hing ein Brandhauch in der Luft. Ihm war nicht klar, woher dieser Geruch kam, vielleicht wurde irgendwo weit weg Gestrüpp verbrannt. Endlich erreichte er den zugeschütteten Brunnen, aus dessen dunkler Tiefe ein leichter Aasgeruch aufstieg. Jotam setzte sich auf den Brunnenrand und wartete, ohne zu wissen, warum und worauf er wartete. Aus der Ferne drangen die Geräusche des Kibbuz zu ihm, seltsam dumpf, wie durch dicke Steinmauern. Schläge von Metall auf Metall. Hundegebell. Das Röcheln eines heiseren Traktorenmotors. Und auch der Schrei eines Mannes, der durch die Hitze bis hier herauf drang, ein Schrei und noch ein Schrei. Er beugte sich über den Brunnenrand, sah aber nichts als Finsternis, und es kam ihm vor, als hörte er in der Tiefe ein beständiges, gleichmäßiges Rauschen, das Rauschen eines fernen Meeres, wie wenn man eine Muschel ans Ohr hält. Einen Moment lang hatte er das Gefühl, den Kibbuz bereits verlassen und ein anderes Leben begonnen zu haben, ein Leben ohne Ausschüsse und Versammlungen, ohne Mehrheitsmeinung und ohne das Schicksal der Juden. Er dachte an Nina Sirota und fragte sich, ob auch sie, wie fast der ganze Kibbuz, heute Abend gegen ihn stimmen würde. Und er sagte sich, dass weder Nina noch irgendein anderer Mensch im Kibbuz einen Grund hatte, seinem Antrag zuzustimmen, und wenn eine solche Bitte von einem der anderen jungen Leute gekommen wäre, hätte er selbst vielleicht auch gesagt, was soll das, und die Hand dagegen gehoben. Auf einmal verstand er, dass es in Wirklichkeit nicht um Arthurs Einladung ging, sondern um die Frage, ob er mutig genug war, den Kibbuz zu verlassen, seine Mutter und seinen Bruder, um allein und mit leeren Händen in die Welt zu ziehen. Auf diese Frage fand er keine Antwort. Dornen und trockene Blätter klebten an seiner Hose. Er stand auf, wischte sie weg und wandte sich zum Gehen, obwohl er eigentlich lieber als alles andere sitzen geblieben wäre, ohne sich zu rühren und ohne zu denken, und gewartet hätte, hier auf dem Rand des zugeschütteten Brunnens, inmitten der Ruinen von Deir Adschlun.

Esperanto

Osnat, seine Nachbarin, besuchte Martin van den Bergh gegen Abend. Sie trug ein Tablett mit einem Teller, der mit einem anderen Teller bedeckt war, und eine Tasse, bedeckt mit einer Untertasse. Martin lebte allein und litt an einer chronischen Atemwegserkrankung, die seinem übermäßigen Rauchen geschuldet war. Nachmittags saß er auf seiner kleinen Terrasse, las Zeitung und trug dabei wegen seiner Atemnot eine mit einem Sauerstoffballon verbundene Maske. Auch nachts, beim Schlafen, trug er die Sauerstoffmaske. Und trotzdem stand er jeden Morgen um sechs Uhr auf und ging für drei oder vier Stunden zur Arbeit in die Schusterei, solange seine Kräfte eben reichten. Er war prinzipientreu und glaubte, dass wir unsere ganze Kraft für die körperliche Arbeit einsetzen müssten. »Arbeit«, sagte er immer, »ist ein moralisches und seelisches Muss.«

»Ich habe dir etwas Leichtes aus dem Speisesaal gebracht. Vielleicht legst du jetzt die Zeitung zur Seite und isst etwas«, sagte Osnat.

»Danke. Ich habe keinen Hunger.«

»Du musst etwas essen. Wenigstens das Rührei und den Salat.«

»Vielleicht später.«

»Später ist das Ei kalt und der Salat schlaff.«

»Ich werde auch schon kalt und schlaff. Danke, Osnat. Du musst dich wirklich nicht um mich kümmern.«

»Und wer kümmert sich dann um dich?«

Osnat war seit einigen Monaten Martin van den Berghs Nachbarin. Seit Boas sie verlassen hatte und zu Ariela Barasch gezogen war, lebte sie allein. Jeden Tag brachte sie Martin sein Abendessen auf einem Tablett, weil der Weg zum Speisesaal oben auf dem Hügel wegen seiner Atemnot zu anstrengend für ihn war. Er war allein zu uns gekommen, aus einem anderen Kibbuz von Einwanderern aus Holland, den er aus prinzipiellen Gründen verlassen hatte. Sie erlaubten Überlebenden der Shoah, für einen Teil ihrer Wiedergutmachung aus Deutschland ein eigenes privates Bankkonto zu unterhalten. Martin hingegen, ebenfalls ein Überlebender, hielt Besitz für die Mutter aller Sünden und erst recht Besitz von Blutgeld aus Deutschland.

Er war ein dogmatischer Mann, mager, mit krausen grauen Haaren wie Eisendraht, durchdringend blickenden schwarzen Augen, dichten Augenbrauen, eingefallenen Wangen, gebeugten Schultern und einem pfeifenden Atem wegen seines Lungenemphysems. Trotz seiner Krankheit war er nicht bereit, das Rauchen aufzugeben, und so rauchte er zuweilen keuchend eine halbe Zigarette. In seiner Jugend war er Lehrer für Esperanto in Rotterdam gewesen, aber seit seiner Ankunft in Israel im Jahr 1949 hatte er keine Gelegenheit mehr, diese wunderbare Sprache zu benutzen. Er hatte im Sinn, hier, im Kibbuz Jikhat, vielleicht einen kleinen Esperanto-Arbeitskreis ins Leben zu rufen. Staaten lehnte er ab. Er glaubte an ein Zusammenleben der ganzen Menschheit im pazifistischen und brüderlichen Geiste, wenn nur erst einmal alle Grenzen zwischen den Völkern ausradiert worden wären. Als er zu uns gekommen war, hatte er darum gebeten, als Schuster ausgebildet zu werden, und seither reparierte er mit großer Professionalität unsere Schuhe und fertigte sogar selbst Sandalen für die Kinder. Bei uns nannte man ihn den Schuhprofessor.

Im Kibbuz Jikhat galt er als ein Muster an Moral. Immer wieder rief Martin uns in den Vollversammlungen die Idee des Kibbuz in Erinnerung, die Ziele und die Ideale, die dem ganzen Projekt zugrunde lagen. Manchen erschien er jedoch wunderlich. So hatte er in all den Jahren, die er bei uns im Kibbuz lebte, sein Arbeitssoll nicht ein einziges Mal unterschritten. Wenn er aus Krankheitsgründen zwei, drei Tage hatte im Bett bleiben müssen, öffnete er die Werkstatt eben am Schabbat und erstattete der Gemeinschaft so die Tage, die er nicht gearbeitet hatte. Er war überzeugt, dass die ganze Welt bald aufwachen und vollkommen auf Geld verzichten würde. Geld war für ihn die Wurzel allen Übels, der immerwährende Grund für Kriege, Intrigen und Ausbeutung. Er war auch Vegetarier. Roni Schindlin nannte ihn den Gandhi des Kibbuz Jikhat. An Purim vor zwei Jahren hatte sich Roni als Martin van den Bergh verkleidet. Er war in ein weißes Laken gehüllt und führte eine Ziege mit sich, die ein Schild um den Hals trug. Darauf stand auf Esperanto: »Auch ich bin ein Mensch.«

Osnat sagte: »Wenn du isst, bleibe ich noch etwas bei dir sitzen. Ich spiele dir auch zwei, drei Lieder vor.«

»Ich habe keinen Hunger.«

»Wenn du wenigstens die Hälfte vom Rührei isst, spiele ich dir ein Lied vor, und wenn du die Hälfte vom Rührei und etwas Joghurt isst, spiele ich dir zwei Lieder, und wenn du dazu noch den Salat und das Brot isst, kannst du mir auch einen kleinen Vortrag halten.«

»Du kannst gehen. Geh. Es gibt draußen Musik, es gibt Tanz, es gibt viele junge Männer. Geh. Geh schon.«

Und nach einem Moment: »In Ordnung, in Ordnung. Du hast gewonnen. Ich bin einverstanden. Ich werde etwas essen. Schau: Ich esse.«

Osnat hatte ihre Flöte mitgebracht, eine dieser einfachen Flöten, die man bei uns an die Kinder der unteren Klassen verteilte. Und während er aß, spielte sie für Martin »Am Strand des Kinneret«, und »Sie sagen, es gibt ein Land«. Martin pickte am Rührei, probierte den Joghurt, verzog sein eingefallenes Gesicht, rührte das Brot und den Salat nicht an, ließ jedoch zu, dass Osnat ihm den lauwarmen Tee reichte, den sie aus dem Speisesaal mitgebracht hatte. Aus Prinzip befanden sich in seinem Zimmer weder ein privater Wasserkessel noch private Tassen: Das Anhäufen privater Besitztümer war der Fluch der menschlichen Gemeinschaft. In der Natur von Besitztümern lag es, die Seele allmählich zu versklaven. Auch an die Institution der Familie glaubte Martin nicht, denn sie beruhte darauf, dass eine überflüssige Trennwand zwischen der familiären Zelle und der Gemeinschaft errichtet wurde. Er war davon überzeugt, dass nicht die biologischen Erzeuger, sondern das Kollektiv als Ganzes die Kinder aufziehen müsse. Hier gehörte alles uns allen, wir alle gehörten einander, und die Kinder müssten Kinder von allen sein.

Martin van den Berghs Wohnung war mönchisch einfach möbliert: ein Bett, ein Tisch, ein großer Kasten mit einem Vorhang, in dem seine Arbeitskleidung und seine Sachen für die Freizeit hingen, und noch eine längliche Kiste mit Metallfüßen, in der er seine Bücher in sechs Sprachen aufbewahrte, philosophische und wissenschaftliche Bücher, vier oder fünf Romane auf Deutsch und Niederländisch und Esperanto, ein paar Lieder- und Wörterbücher sowie eine Bibel mit Illustrationen von Gustave Doré. An der Wand hing ein Bild von Ludwig Lazarus Zamenhof, dem Erfinder des Esperanto, der Sprache, die eines Tages alle Erdenbürger auf allen fünf Kontinenten sprechen würden, um die Trennwände zwischen allen Menschen und allen Völkern niederzureißen, so wie es vor dem Fluch des Turmbaus zu Babel gewesen war.

Osnat führte Martin zu seinem Bett und streichelte leicht über seine Stirn. Eine kleine Lampe brannte neben dem Bett, und Osnat machte das Deckenlicht aus. Martin schlief nicht im Liegen, sondern im Sitzen, den Rücken mit Kissen in die Höhe gestützt, so fiel ihm das Atmen weniger schwer. Nacht für Nacht saß er in seinem Bett und wartete auf den Schlaf, der, wenn er kam, leicht und unruhig war. Osnat zog ihm die Sauerstoffmaske über Nase und Mund. Darunter schauten die grauen Stoppeln auf seinen eingefallenen Wangen hervor. Sie zog seine Decke zurecht und fragte, ob er noch etwas brauche. Martin sagte: »Nein, danke. Du bist ein Engel.«

Dann sagte er: »Der Mensch ist von Natur aus gut und großzügig. Nur die Deformation der Gesellschaft macht ihn egoistisch und grausam.«

Und er fügte hinzu: »Wir alle sind verpflichtet, wieder unschuldig wie Kinder zu werden.«

Von der Tür aus erwiderte Osnat: »Kinder sind verwöhnte, egoistische und grausame Geschöpfe. Genau wie wir.«

Aber weil weder er noch sie Kinder hatten und sie sich nicht im Streit voneinander verabschieden wollten, ließen sie diese Unstimmigkeit stillschweigend auf sich beruhen, sie wünschten einander nur eine gute Nacht. Nachdem sie gegangen war, setzte er die Maske ab und zog eine Schachtel Zigaretten unter den Kissen hervor, um noch eine halbe Zigarette zu rauchen. Er drückte sie im Aschenbecher aus, keuchte und setzte sich die Sauerstoffmaske wieder auf. Er atmete schnell und flach und las, den Rücken an die Kissen gelehnt, ein Buch, das ein bekannter italienischer Anarchist geschrieben hatte.

Darin stand, dass Herrschaft und Gehorsam der Natur des Menschen widersprächen. Danach döste er im Sitzen, die Sauerstoffmaske über der unteren Hälfte seines Gesichts. Die kleine Lampe machte er nicht aus. Bis zum Morgen brannte sie neben seinem Bett, obwohl Martin der Ansicht war, dass Verschwendung Diebstahl sei und Sparsamkeit ein moralisches Gebot. Doch Dunkelheit machte ihm Angst.

Osnat hatte das Tablett mitgenommen, auf dem fast alles Essen zurückgeblieben war. Sie stellte es auf die Terrassenstufen. Morgen früh würde sie es auf ihrem Weg zur Arbeit in die Küche zurückbringen. Dann machte sie sich auf einen kurzen Spaziergang entlang der Zypressenallee. Seit Boas sie verlassen hatte und zu Ariela Barasch gezogen war, achtete Osnat auf alles, was um sie herum vorging, auf das, was Vorübergehende sagten, auf das Zwitschern der Vögel und auf das Bellen der Hunde. Zu Beginn des Spaziergangs hatte sie das Gefühl, Martin würde ersticken und nach ihr rufen, aber ihr war klar, dass es sich nur um eine Einbildung handeln konnte, denn selbst wenn er nach ihr riefe, würde sie ihn hier nicht hören können.

Auf einer Bank am Rand der Zypressenallee saß ganz allein Großmutter Slava in einem weiten Baumwollkleid, ihre Zehen in den offenen Sandalen waren krumm und gerötet. Sie war Witwe und auch eine verwaiste Mutter, ihr Sohn war im Krieg gefallen. Im Kibbuz nannte man sie Hexe oder Scheusal. Wir fürchteten uns alle vor ihr, weil sie jeden beschimpfte, und manchmal spuckte sie jemandem, der sie erbost hatte, sogar ins Gesicht. Osnat wünschte ihr freundlich einen guten Abend, und Großmutter Slava entgegnete bitter und spöttisch: »Nun, was soll das, was ist schon gut an einem so heißen und feuchten Abend?«

Als sie in ihr Zimmer zurückgekehrt war, goss Osnat sich ein Glas kaltes Wasser mit Zitronensirup ein und zog ihre Sandalen aus. Barfuß stand sie am offenen Fenster und sagte sich, dass vermutlich die meisten Menschen mehr Wärme und Zuneigung brauchten, als die anderen ihnen geben konnten, und dass kein Kibbuzausschuss je dieses Defizit zwischen Bedürfnis und Erfüllung decken konnte. Der Kibbuz, dachte sie, verändert die Gesellschaftsordnung ein wenig, aber die menschliche Natur ändert sich nicht, und die ist alles andere als einfach. Neid und Kleinlichkeit und Engstirnigkeit kann man nicht ein für alle Mal mit einer Abstimmung oder einem Beschluss aus der Welt schaffen.

Sie spülte das Glas ab, aus dem sie getrunken hatte,

und stellte es umgedreht zum Trocknen hin, zog sich aus und legte sich schlafen. Zwischen ihrem und Martins Bett gab es nur eine dünne Wand, und sie wusste, wenn er nachts anfing zu husten oder zu keuchen, würde sie sofort aufwachen, ihren Morgenmantel anziehen und ihm zu Hilfe eilen. Sie hatte einen sehr leichten Schlaf. Ihre Ohren nahmen jedes Hundebellen in der Dunkelheit wahr, jeden Ruf eines Nachtvogels, jedes Rauschen des Windes. Aber die Nacht ging ruhig vorbei, nur der Wind strich durch die Wipfel der Ficusbäume. Gegen Morgen lag Tau auf den Rasenflächen, und im Mondlicht glitzerten die Tautropfen wie blasses Silber.

Vor sechs wurde Osnat von den Tauben geweckt, sie stand auf, wusch sich, zog sich an, klopfte an Martins Tür, erkundigte sich, wie es ihm ging, nahm das Tablett von gestern von den Terrassenstufen und ging zur Arbeit in der Wäscherei. Martin stand schwerfällig auf, zog sich langsam an, schnaufte vor Anstrengung, als er sich bückte, um die Schuhe anzuziehen, trank Wasser und ging zur Schusterei, wobei er den kleinen Ballon mit dem Sauerstoff in einem alten Kinderwagen vor sich herschob, den ihm der Gesundheitsausschuss zugebilligt hatte. Er ging langsam und zog die Füße nach, weil er so kurzatmig war, besonders den Hang hinauf. Neben dessen Werkstatt traf er Nachum Ascherow, den Elektriker, und beide unterhielten sich eine Weile über Politik und die Regierung von Ben Gurion. Nachum sagte zu Martin, diese Regierung fordere mit den Vergeltungsaktionen die ganze Welt heraus, und Martin antwortete, Regierungen seien alle, ohne jede Ausnahme, vollkommen überflüssig, und unsere Regierung sei doppelt überflüssig, weil die Juden der Welt schon gezeigt hätten, wie ein Volk zweitausend Jahre lang ohne jede Regierung habe leben können, und zwar ein blühendes geistiges und kulturelles Leben. Während sie sich unterhielten, zündete Martin eine halbe Zigarette an, nahm aber nicht mehr als zwei Züge, weil er einen Hustenkrampf bekam. Er machte die Zigarette aus und steckte den Stummel in die Tasche.

Nachum Ascherow sagte: »Hör auf zu rauchen, Martin. Es ist dir verboten zu rauchen.«

»Es ist uns verboten, dass einer dem anderen sagt, was er darf und was nicht«, antwortete Martin. »Wir sind alle frei geboren, aber wir legen aus freien Stücken einer dem anderen Fesseln an.«

»Schließlich müssen wir uns einer um den anderen kümmern«, bemerkte Nachum traurig.

Martin lächelte mit zusammengepressten Lippen. »Es ist in Ordnung, Nachum. Du musst mich wirklich ermahnen, und ich muss wirklich rauchen. Jeder von uns tut, was er tun muss, es ist in Ordnung.«

In der Schusterei, umhüllt von den scharfen Gerüchen von Leder und Leim, setzte sich Martin auf den Korbschemel, er legte den Sauerstoffballon auf die Kiste neben sich und setzte die Maske auf. Dann nahm er das scharfe Schustermesser und schnitt sorgfältig eine linke Sohle aus einem Lederstreifen, entlang der Bleistiftlinie, mit der er die Umrisse vorher aufgemalt hatte. Vor ihm auf dem Fußboden stand eine kleine Flasche mit lauwarmem Wasser, und von Zeit zu Zeit schob er die Maske hoch und trank zwei, drei Schlucke. Die Arbeit, sagte er sich, gibt jedem von uns die Einfachheit und Reinheit unserer frühen Kindheit zurück. Eine alte Melodie kam ihm in den Sinn, die Hymne der republikanischen Kämpfer aus der Zeit des Spanischen Bürgerkriegs, und Martin summte sie leise vor sich hin.

Kurz nach acht Uhr morgens betrat Joav Karni, der Kibbuzsekretär, die Schusterei und sagte: »Ich bin gekommen, um dich ein paar Minuten lang zu stören. Wir müssen miteinander sprechen.«

Martin sagte: »Setz dich, junger Mann.« Er nahm

den Sauerstoffballon von der Kiste und stellte ihn vor sich auf den Boden. Dann sagte er: »Hier gibt es sonst keinen Platz, setz dich auf diese Kiste.«

Joav nahm Platz, und Martin entschuldigte sich, dass er ihm keinen Kaffee anbieten konnte. Joav dankte ihm und sagte, das sei auch nicht nötig. In Martins Augen war Joav ein gradliniger, moralischer, bescheidener junger Mann, aber wie alle in seiner Generation ohne klare weltanschauliche Haltung. Es waren alles gute junge Männer, davon war Martin überzeugt, alle waren vernünftig und zu schwerer Arbeit bereit, aber keiner brannte innerlich vor Zorn über das Unrecht in der Gesellschaft. Nun, da die Leitung aus den Händen der Pioniere und Gründer in die Hände Joavs und seiner Freunde übergegangen war, war der Kibbuz dazu verdammt, allmählich in Kleinbürgerlichkeit abzurutschen. Und die jungen Frauen würden natürlich als Katalysator für diesen Prozess dienen. In zwanzig, dreißig Jahren würden sich die Kibbuzim in Siedlungen mit gepflegten Gärten verwandelt haben und ihre Bewohner in selbstzufriedene Häuschenbesitzer.

Joav sagte: »Es ist so: In der letzten Zeit haben sich ein paar Kibbuzmitglieder deinetwegen an mich gewandt, unter anderem Lea Schindlin im Auftrag des

Gesundheitsausschusses. Der Arzt hat ihr ausdrücklich gesagt, dass du nicht mehr in der Schusterei arbeiten darfst, und wir alle stimmen ihm zu. Die Luft in dieser Baracke ist zu stickig, und die Leder- und Leimgerüche sind bestimmt schädlich für deine Gesundheit. Der ganze Kibbuz ist der Meinung, dass du schon genug gearbeitet hast, Martin, jetzt ist es Zeit, sich ein bisschen auszuruhen.«

Martin nahm die Sauerstoffmaske vom Gesicht, fischte aus seiner Tasche eine zerdrückte halbe Zigarette und steckte sie mit zitternden Händen an, sog den Rauch ein und keuchte: »Und wer soll in der Schusterei arbeiten? Du etwa?«

»Wir haben schon jemanden gefunden, der dich vorübergehend ersetzen kann. Es gibt einen Schuster, einen Neueinwanderer aus Rumänien, der in der Nähe wohnt, im Durchgangslager. Er hat bislang keine Arbeit gefunden. In moralischer Hinsicht, Martin, gehört es sich, ihn bei uns zu beschäftigen und ihm und seiner ganzen Familie ein kleines Einkommen zu sichern.«

»Ein weiterer angestellter Arbeiter? Noch ein Nagel im Sarg des Prinzips der Eigenarbeit?«

»Nur so lange, bis wir unter uns einen finden, der dich bei dieser Arbeit ersetzen kann.«

Martin drückte vorsichtig seine Zigarette auf seinem Schustertisch aus, wischte die graue Asche ab und steckte die Kippe in seine Hemdtasche. Er hustete und keuchte, setzte aber die Sauerstoffmaske nicht auf. Sein mit grauen Stoppeln übersätes Gesicht hatte einen ironischen Ausdruck und sein Blick etwas Stacheliges.

»Und ich?«, fragte er mit einem schiefen Lächeln, »ist es aus mit mir? Kaputt? In den Müll mit mir?«

»Du«, antwortete Joav und legte die Hand auf Martins Schulter, »du kannst zu mir kommen und jeden Morgen ein, zwei Stunden mit mir arbeiten. Die Unterlagen ordnen. Wir haben beschlossen, die Papiere des Sekretariats in einem speziellen Schrank aufzubewahren. Vielleicht nicht wirklich ein Archiv, aber so etwas Ähnliches. Eine Art Samenkorn für ein späteres Archiv. Du kannst bei uns sitzen und Ordner anlegen. Weit weg von der stickigen Luft in der Schusterei.«

Martin hob einen staubigen Arbeitsschuh mit klaffender Sohle vom Boden auf, legte ihn vorsichtig umgedreht auf die Leiste, bestrich die Unterseite der Sohle mit einem dickflüssigen, scharf riechenden Leim, wählte aus einer Schachtel auf dem Tisch einige kleine Nägel und nagelte die Sohle mit fünf, sechs gezielten Hammerschlägen fest.

»Aber wie ist es möglich, dass man einen Mann von seiner Arbeit vertreibt, gegen seinen Willen, nur weil seine Gesundheit nachgelassen hat?«, murmelte er leise, als spräche er mit sich selbst und nicht mit Joav. »Bei uns ist doch ein derartiges darwinistisches Verbrechen überhaupt nicht vorstellbar.«

»Wir machen uns einfach Sorgen um dich, Martin. Wir wollen nur das Beste für dich. Und es ist eine Entscheidung des Arztes, nicht unsere.«

Darauf antwortete Martin van den Bergh nicht. Links von ihm stand eine kleine Nähmaschine mit Fußpedal, mit der er nun den abgerissenen Riemen einer Sandale wieder annähte. Er machte eine doppelte Naht und befestigte sie mit einer kleinen Metallklammer. Dann legte er die Sandale in ein Fach hinter seinem Rücken. Joav Karni stand auf, nahm behutsam den Sauerstoffballon vom Boden, legte ihn zurück auf die Kiste, auf der er gesessen hatte, zögerte kurz und sagte dann: »Es brennt nicht. Du sollst nur darüber nachdenken, Martin. Wir bitten dich dringlich, unseren Vorschlag zu erwägen. Unsere Bitte, genauer gesagt. Denk daran, dass wir alle nur dein Bestes wollen. Die Archivarbeit im Sekretariat, ein paar Stunden am Morgen, ist auch Arbeit. Und, vergiss nicht, es ist das Recht der Kibbuzverwaltung, nach eigenem Ermessen ein Mitglied von einem Arbeitsplatz zu einem anderen zu versetzen.«

Beim Hinausgehen drehte sich Joav noch einmal um und sagte: »Beeil dich nicht mit der Antwort. Denke ein, zwei Tage vernünftig darüber nach.«

Martin dachte nicht über Joavs Vorschlag nach und gab ihm auch nach ein, zwei Tagen keine Antwort, auch nicht nach einem Monat. Das Atmen fiel ihm immer schwerer, dennoch verzichtete er nicht auf seine halben Zigaretten. Zu Osnat, die ihm jeden Abend ein Tablett mit einem zugedeckten Teller und einer zugedeckten Tasse aus dem Speisesaal brachte, sagte er: »Der Mensch ist grundsätzlich gut und großzügig und vernünftig, nur die Umgebung verdirbt uns.«

Osnat sagte: »Aber was ist die Umgebung? Doch nur andere Menschen.«

Martin sagte: »Im Krieg habe ich mich vor den Nazis versteckt, Osnat. Aber ein paarmal habe ich sie ganz aus der Nähe gesehen. Einfache junge Burschen, alles andere als Bestien, infantil und lärmend, sie haben herumgealbert, Klavier gespielt, kleine Katzen gefüttert, aber man hat ihnen eine Gehirnwäsche verpasst. Und nur infolge dieser Gehirnwäsche haben sie schreckliche Dinge getan, obwohl sie selbst nicht schrecklich waren, sondern nur verdorben. Verderbte Ideologien haben sie verdorben.«

Osnat schwieg. Insgeheim dachte sie, dass auf der Welt Grausamkeit weit verbreiteter war als Barmherzigkeit und dass es manchmal sogar so war, dass Barmherzigkeit eine Form von Grausamkeit war. Dann spielte sie ihm drei, vier Lieder auf der Flöte vor, verabschiedete sich von ihm und nahm das Tablett mit dem Abendessen mit, das Martin kaum angerührt hatte. Sie dachte darüber nach, dass tief in uns allen Grausamkeit verborgen ist, sogar in Martin steckte ein gewisses Maß an Grausamkeit, selbst wenn es nur Grausamkeit gegen sich selbst war. Aber sie hielt es für sinnlos, mit ihm zu streiten, weil es ihm gutging mit seinem Glauben und weil er niemandem etwas Böses tat und vermutlich nie absichtlich etwas Böses getan hatte. Osnat wusste, dass Martin allmählich verlosch. Sie hatte mit dem Arzt gesprochen, und dieser hatte gesagt, eine Besserung sei nicht zu erwarten, und wenn seine Atmung immer schwächer würde, müsse man ihn wohl in ein Krankenhaus bringen. Lea Schindlin vom Gesundheitsausschuss hatte vorgeschlagen, dass der für die Verteilung der Arbeit zuständige Ausschuss Osnat wöchentlich vier Arbeitsstunden anrechnen sollte, weil sie sich um Martin kümmerte. Aber Osnat hatte erwidert, sie kümmere sich aus Freundschaft um ihn, und es gebe keinen Grund, dafür Stunden von ihrer Arbeitszeit abzuziehen. Die Abendstunden in Gesellschaft des kranken Mannes, ihre kurzen Gespräche, seine Dankbarkeit, die Welt der Ideale und der Gedanken, die er vor ihr ausbreitete, das alles war ihr sehr kostbar, und sie zitterte bei der Vorstellung, dass diese Beziehung an einem nicht allzu fernen Tag zu Ende sein würde.

Eines Tages befestigte Osnat am Schwarzen Brett im Eingang zum Speisesaal einen Zettel, auf dem in Martins klarer Handschrift stand:

»Für alle, die es interessiert: Jeden Mittwoch zwischen sechs und sieben Uhr abends wird im Clubraum Esperantounterricht für Anfänger stattfinden, unter der Leitung von Martin van den Bergh.

Esperanto ist eine neue und leichte Sprache, deren Ziel es ist, die ganze Menschheit zu vereinen und zumindest als Zweitsprache für alle Menschen zu dienen. Es ist eine Sprache mit einer einfachen, logischen Grammatik. Es gibt keine Ausnahmen, und man kann nach wenigen Unterrichtsstunden schon anfangen zu sprechen und zu lesen. Interessierte mögen sich bitte unten auf diesem Zettel eintragen.«

Es waren drei, die sich eintrugen: die Erste war Osnat selbst, nach ihr Zvi Provisor und als Dritter und Letzter Mosche Jaschar aus der elften Klasse der Kibbuzschule.

Am Mittwoch schlurfte Martin, den quietschenden Kinderwagen mit dem Sauerstoffballon vor sich herschiebend, zum Clubraum, um die erste Esperantostunde zu geben. Osnat begleitete ihn und versuchte ihn behutsam zu stützen, aber er schüttelte ihre Hand ab und beharrte hartnäckig darauf, aus eigener Kraft zu gehen. Er konnte kaum die Füße heben und blieb am Hang immer wieder stehen, weil er keine Luft bekam, aber er war fest entschlossen und traf zehn Minuten vor der Zeit im Clubraum ein. Er setzte sich und wartete auf seine Schüler. Währenddessen rauchte er noch eine halbe Zigarette, blätterte ein wenig in der Abendzeitung und fand darin nur Wildheit und Hässlichkeit und auch ein Übermaß an Gehirnwäsche. Osnat goss ihm ein Glas Tee aus dem Samowar ein, der in einer Ecke des Clubraums stand, und er legte einen Moment lang seine schwere Hand auf ihre. Osnats Hand war zart und langfingrig, und man sah noch immer den helleren Streifen, den ihr Ehering hinterlassen hatte. Sie hatte ihn abgenommen, nachdem

Boas sie verlassen hatte. Sie zog ihre Hand unter der von Martin hervor und legte sie auf seine mit den bläulich schimmernden Fingernägeln. So saßen sie schweigend beisammen, ihre Hand auf seiner, bis nach einigen Minuten die Tür aufging und Zvi Provisor hereinkam. Er murmelte guten Abend und setzte sich schweigend in die Ecke neben das Radio, das gebräunte, zerfurchte Gesicht vornübergeneigt und den Blick zu den Knien gesenkt. Martin sagte ein paar lobende Worte zu Zvi, über die Grünanlagen des Kibbuz, und Osnat fügte hinzu: »Mir gefallen die Weinlauben besonders gut und der Springbrunnen mit den Goldfischen, den du vor dem Speisesaal gebaut hast. Du hast den Kibbuz Jikhat zu einem Ort gemacht, in dem man sich gerne aufhält.«

Zvi bedankte sich und sagte, das Problem sei, dass es bei uns einige junge Leute gebe, die eine Abkürzung nehmen und nach dem Bewässern über den Rasen laufen würden, und damit würden sie den Rasen zertreten. Gerade als er das sagte, betrat Mosche Jaschar den Clubraum und fragte höflich, ob der Unterricht nur für Kibbuzmitglieder sei oder auch für Schüler von außen, die im Kibbuz wohnten.

Martin erwiderte: »Bei uns gibt es keine Grenzen und Ausgrenzungen. Wir sind prinzipiell gegen Grenzen.« Er hustete und eröffnete dann den Unterricht mit einer kurzen Erklärung: »Wenn alle Menschen eine gemeinsame Sprache sprechen, gibt es keine Kriege mehr, denn die gemeinsame Sprache wird Missverständnisse zwischen den Einzelnen und auch zwischen den Völkern verhindern.«

Zvi Provisor bemerkte, dass die Deutschen und die deutschen Juden dieselbe Sprache gesprochen hätten, und das habe die Verfolgung und Ermordung nicht verhindert.

Mosche Jaschar hob zögernd die Hand, und als Martin ihm die Erlaubnis zu sprechen gab, führte er an, dass auch Kain und Abel vermutlich dieselbe Sprache gesprochen hätten.

Martin fragte ihn, warum er dann eigentlich gekommen sei, um Esperanto zu lernen. Darauf wusste der Junge nicht so schnell eine Antwort. Schließlich murmelte er scheu, Esperanto zu lernen könne ihm später vielleicht helfen, andere Sprachen zu lernen.

Martin rauchte eine halbe Zigarette, keuchte und erklärte, Esperanto habe ungefähr achttausend Wortstämme, nicht mehr, und aus diesen Wortstämmen erwachse der gesamte notwendige Wortschatz. Die Wortstämme selbst seien dem Griechischen, dem Lateinischen und den romanischen Sprachen entlehnt. Es gebe sechzehn Grammatikregeln und prinzipiell keine Ausnahmen. Zum Schluss der ersten Unterrichtsstunde, die fünfundzwanzig Minuten dauerte, lehrte Martin seine Schüler, wie auf Esperanto der erste Satz der Genesis hieß: *En la komenco* – Im Anfang, *Dio kreis la ĉielon kaj la teron* – schuf Gott den Himmel und die Erde.

Zvi Provisor, der in seiner freien Zeit den polnischen Schriftsteller Iwaszkiewicz ins Hebräische übersetzte, dachte kurz nach und verkündete, Esperanto scheine wirklich leicht und logisch zu sein und die Sprache höre sich für ihn ein bisschen wie Spanisch an. Mosche Jaschar notierte alles in ein Heft. Martin sagte, es seien die unklaren Wörter, die überall die Beziehung zwischen den Menschen vergifteten, und klare, eindeutige und wohlklingende Wörter könnten diese Beziehung heilen, unter der Bedingung, dass es eine allen gemeinsame Sprache mit solchen richtigen Wörtern gebe. Mosche Jaschar sagte keinen Ton, aber insgeheim dachte er, dass das Leid in der Welt noch vor den Worten geboren worden war. Als Martin im Weiteren noch den Ausdruck »kompromisslos« verwendete, dachte Mosche, dass Martins Entscheidung, immer wieder eine halbe Zigarette zu rauchen und nicht eine ganze, eigentlich auch eine Art Kompromiss war.

Nach dem Unterricht begleitete Osnat Martin mit seinem Kinderwagen, auf dem der Sauerstoffballon lag, nach Hause zurück. Er war sehr müde, sein Körper tat ihm weh, und sein Atem ging so schwer, dass er beschloss, auf die halbe Zigarette zu verzichten, die er eigentlich am Abend hatte rauchen wollen. Nur mit Mühe ließ er sich dazu überreden, etwas Joghurt zu essen, und dann half ihm Osnat, die Schuhe auszuziehen und sich aufs Bett zu setzen, an einige Kissen gelehnt, und auf den Schlaf zu warten, der vielleicht kommen würde. Sie spielte ihm auf der Flöte »Zwischen Euphrat und Tigris« und »Spiel, spiel mit den Träumen« vor. Danach verabschiedete sie sich, nahm das Tablett mit hinaus, stellte es auf die Terrassenstufen und machte sich auf ihren Abendspaziergang die Zypressenallee entlang. In der Nacht hörte sie ihn durch die dünne Wand zwischen ihrem Bett und dem seinen husten, doch als sie aufstand und in ihren Morgenmantel schlüpfte, erstarb das Husten, und bis zum Morgen war nichts mehr zu hören.

Die zweite Esperantostunde wurde verschoben, weil sich einen Tag zuvor Martins Zustand verschlechtert hatte und er mit dem Krankenwagen in die Klinik gebracht und auf der Intensivstation unter ein Sauerstoffzelt gelegt worden war. Jeden Vormittag saß Lea Schindlin an seinem Bett, im Auftrag des Gesundheitsausschusses, und am Nachmittag wurde sie von Osnat abgelöst. Martin lag die meiste Zeit mit geschlossenen Augen da. Ab und zu murmelte er etwas, und manchmal lächelte er. Seine Augen lagen tief in den Höhlen, und seine drahtigen Haare standen ihm wirr um den Kopf. Wenn man mit ihm sprach, nickte er. Ein paarmal stammelte er mit letzter Kraft Dankesworte für Osnat und Lea, die abwechselnd an seinem Bett saßen. Gegen Abend beklagte er sich, dass er nicht über genug Konzentration verfüge, um seine Gedanken zu ordnen. Und einmal, als zwei energische Krankenschwestern kamen, um seinen Schlafanzug zu wechseln, kicherte er plötzlich und sagte zu ihnen, eigentlich sei auch der Tod ein Anarchist. »Schließlich hat der Tod keinerlei Respekt vor dem gesellschaftlichen Stand, dem Besitz, der Macht und dem Rang, in seinen Augen sind wir alle gleich.« Diese Worte kamen unklar und abgehackt aus seinem Mund, aber Osnat, die neben ihm saß, verstand sie und spürte, dass Martin ihr lieb und teuer war und dass ihr nur noch wenig Zeit blieb, ihn das wissen zu lassen. Doch sie fand keine Worte, sie umfasste nur seine warmen Hände mit ihren kalten.

Nach fünf Tagen nahmen seine Lungen den Sauerstoff nicht mehr auf, der ihnen zugeführt wurde, und Martin erstickte. Osnat, die neben ihm saß, streichelte über seine Stirn und schloss ihm die Augen. Dann ging sie zum Telefon im Flur, um Joav Karni, dem Kibbuzsekretär, Bescheid zu sagen. Joav schickte einen Lieferwagen mit Fahrer, der Osnat und den Leichnam zurück in den Kibbuz brachte. Dort im Clubraum, in einem mit einem schwarzen Tuch bedeckten Sarg, lag der Leichnam die ganze Nacht und den Morgen bis zur Beerdigung, die auf zehn Uhr festgesetzt worden war. Joav hängte an das Schwarze Brett vor dem Speisesaal eine Ankündigung, die er selbst geschrieben und auf der Schreibmaschine des Sekretariats getippt hatte:

»Unser Freund und Genosse Martin van den Bergh ist heute Abend verstorben. Die Beerdigung findet morgen früh um zehn Uhr statt.

Wenn jemand etwas über mögliche Verwandte Martins weiß, soll er Joav bitte möglichst schnell Bescheid sagen.«

Es waren keine Verwandte zu finden, nur Mitglieder des Kibbuz Jikhat nahmen an der Beerdigung teil. Es war ein weicher, himmelblauer Morgen, und die Hitze drückte nicht auf die Trauergäste, denn ein angenehmer Westwind wehte und kühlte die Haut. Die Wipfel der Zypressen, die den Friedhof umgaben, zitterten leicht im Wind. Viele Sommerschmetterlinge flatterten durch die Luft und trugen den Duft der Obstplantagen und einen fernen Brandgeruch mit sich. Ungefähr fünfzig, sechzig Frauen und Männer aus dem Kibbuz hatten sich zur Beerdigung versammelt. Alle in Arbeitskleidung, weil die Beerdigung während der Arbeitszeit stattfand. Sie standen um das offene Grab und warteten. Das Warten zog sich etwas in die Länge. Es gab keine religiöse Zeremonie, weil Martin beim zuständigen Ausschuss einen Zettel hinterlegt hatte, auf dem er bat, ohne Kantor und ohne Gebete beerdigt zu werden.

David Dagan, der Lehrer, sagte einige Sätze in unser aller Namen. Er beschrieb Martin van den Bergh als konsequenten Idealisten, der sein ganzes Leben lang nach seiner Überzeugung gelebt habe. »Bis fast zu seinem letzten Tag«, sagte David Dagan, »hat unser Genosse Martin in der Schusterei gearbeitet, als hätte er die symbolische Verantwortung für jeden unserer Schritte übernommen.«

Nach ihm sprach Joav Karni im Namen des Kibbuzsekretariats. Er hob hervor, dass Martin sein Leben lang ein einsamer Mann gewesen war, ein Überlebender der Shoah, der jene Jahre in einem Versteck in Holland überdauert hatte. »Er hat mit eigenen Augen gesehen, wie tief Menschen sinken können, und dennoch kam er zu uns, durchdrungen vom Glauben an den Menschen und an die Zukunft und erfüllt vom glühenden Streben nach Gerechtigkeit. Wieder und wieder«, sagte Joav, »versetzte uns seine Gradlinigkeit und seine Treue zu seinen Idealen in Erstaunen. Er war ein Mann des Geistes und ein Mann der Taten, ein Mann der Prinzipien und der kompromisslosen Arbeit.« Am Schluss lobte Joav unsere Genossin Osnat, die Martin während seiner Krankheit aufopferungsvoll gepflegt habe. Und er schloss seine Rede mit der Hoffnung, dass die Erinnerung an unseren Freund und Genossen Martin weiterhin eine Quelle der Inspiration für uns alle bleiben möge.

Nach den Trauerreden spielte Osnat auf Joavs Bitte am offenen Grab »Spiel, spiel mit den Träumen«, ein Lied, das Martin besonders geliebt hatte. Einige der Trauergäste begleiteten sie mit einem leisen Summen, andere bewegten nur stumm die Lippen.

Zvi Provisor, Nachum Ascherow, Roni Schindlin und andere schaufelten Erde auf den Sarg, und der Sargdeckel hallte hohl, als die Brocken ihn trafen. Roni Schindlin stolperte beim Schaufeln und wäre beinahe der Länge nach hingestürzt. David Dagan hielt ihn fest und half ihm wieder auf die Beine. Osnat dachte über das Wort »kompromisslos« nach, das Joav Karni in der Trauerrede für Martin benutzt hatte und kam zu dem Schluß, dass sie dieses Wort nicht mochte. Sie empfand tiefe Zuneigung allen gegenüber, die zur Beerdigung gekommen waren, eine Zuneigung, von der sie nicht wusste, woher sie rührte, von der sie aber wusste, dass sie sie noch lange begleiten würde. Der Sarg war nun vollständig mit Erde bedeckt. Über dem Grab schwebte noch eine feine Staubwolke.

Roni Schindlin sagte: »Das war's.« Und fügte noch hinzu: »Schade. Solche Menschen gibt es fast nicht mehr.«

Er sammelte die fünf Schaufeln ein, legte sie auf den kleinen Schubkarren und machte sich auf den Weg. Die Trauergäste folgten ihm in kleinen Grüppchen, jeder kehrte an seine Arbeit zurück. David Dagan erinnerte Mosche daran, dass die nächste Unterrichtsstunde in einer Viertelstunde anfangen würde, und ging. Mosche wartete noch zwei, drei Minuten, dann machte auch er sich auf den Weg. Osnat blieb noch eine Weile, sie stand allein am Grab, lauschte dem Gezwitscher der Vögel und dem Rattern eines fernen Traktors, und ihr Herz war ruhig, als wäre dies nicht eine Beerdigung gewesen, sondern ein gutes, erfüllendes Gespräch. Auf einmal empfand sie den Wunsch, ein paar ruhige Worte auf Esperanto zu sagen, aber sie hatte ja noch nichts lernen können und wusste auch nicht, was sie sagen sollte.

Inhalt

Amos Oz

Eine Geschichte von Liebe und Finsternis

Roman
Aus dem Hebräischen von Ruth Achlama
st 3788. 829 Seiten

»Dieses Buch handelt auch von der enttäuschten Liebe meiner Eltern und Großeltern zu Europa. Es spürt dem jüdischen Erbe in der europäischen Kultur nach und dem europäischen Erbe in unserer eigenen Kultur. Vor allem aber ist es ein Buch über eine einzelne kleine Familie. Es gibt ein altes Rätsel auf: Wie können zwei gute Menschen eine schreckliche Katastrophe herbeiführen? Wie kann es kommen, daß die Heirat zweier liebenswürdiger Menschen, die einander wollen und einander Gutes wünschen, in einer Tragödie endet?« *Amos Oz*
Eine große Familien-Saga, ein Epos vom Leben und Überleben, ein Archiv persönlicher und politischer Ambitionen, ein Buch der Enttäuschungen und der Hoffnung.

»... Denn ein erhellenderes, klügeres, vielschichtigeres Buch über Israel, über Familien und das, was Menschen zusammenhält und was sie trennt, kann man niemandem empfehlen...« *Frankfurter Allgemeine Zeitung*

NF 571/1/09.06

Amos Oz

Plötzlich tief im Wald

Ein Märchen
Aus dem Hebräischen von Mirjam Pressler
suhrkamp taschenbuch 3892. 111 Seiten

Plötzlich tief im Wald erzählt von Maja und ihrem Freund Matti, die beschließen, das dunkle Geheimnis ihres Heimatdorfs zu ergründen. Wie kam es, daß in einer Winternacht vor vielen Jahren alle Tiere aus dem Dorf verschwanden?

»Ein zauberhaftes, geheimnis- und sehr liebevolles Märchen … ein unvergeßliches Leseerlebnis.« *NDR*

»Ein zeitloses Paradiesmärchen vom verlorenen Glück.« *Frankfurter Allgemeine Zeitung*

NF 679/1/6.08

NF 538/1/11.14

Nenn die Nacht nicht Nacht. Übersetzt von Ruth Achlama. Gebunden und st 2736. 239 Seiten

Der perfekte Frieden. Übersetzt von Ruth Achlama. Gebunden und st 1747. 480 Seiten

Panther im Keller. Roman. Übersetzt von Vera Loos und Naomi Nir-Bleimling. st 4393. 205 Seiten

Plötzlich tief im Wald. Ein Märchen. Übersetzt von Mirjam Pressler. st 3892. 111 Seiten

Das Schweigen des Himmels. Über Samuel J. Agnon. Übersetzt von Ruth Achlama. Gebunden. 264 Seiten

Sehnsucht. Drei Erzählungen. Übersetzt von Ruth Achlama. Gebunden und st 2627. 254 Seiten

Sumchi. Eine wahre Geschichte über Liebe und Abenteuer. Übersetzt von Mirjam Pressler. BS 1347. 94 Seiten

Dem Tod entgegen. Zwei Erzählungen. Übersetzt von Ruth Achlama. Gebunden und st 2934. 173 Seiten

Unter Freunden. Übersetzt von Mirjam Pressler. Gebunden und st 4509. 215 Seiten

Verse auf Leben und Tod. Roman. Aus dem Hebräischen von Mirjam Pressler. st 4084. 120 Seiten

Wie man Fanatiker kuriert. Tübinger Poetik-Dozentur 2002. Mit einer Vorlesung von Izzat Ghazzawi. Übersetzt von Julia Ziegler. es 2309. 112 Seiten

NF 538/2/11.14